T. S. ELIOT

THE WASTE LAND
荒原

[英] 托·斯·艾略特　著
汤永宽 裘小龙 等　译

陆建德　主编

上海译文出版社

目 录

导　言

陆建德

英国的诗歌节是每年十月份的第一个星期四，二〇〇九年的这个节日是在十月八日。这一天，英国诗歌学会在伦敦泰晤士河南岸的皇家节日大厅举行庆典，纪念该学会成立百年。为了配合这次活动，英国广播公司（BBC）组织了一次网上投票，请广大听众和观众推举“全国喜爱的诗人”（不包括莎士比亚）。诗歌节前夕，英国广播公司宣布，获得这一称号的是现代派主将托马斯·斯特恩斯·艾略特，紧随其后的是玄学派代表约翰·多恩。网上调查的数据并不能决定一位诗人在文学史上的地位，但是这一结果毕竟说明，艾略特已经完全为普通的诗歌爱好者（约翰逊博士心目中的“普通读者”）所接受，而在上世纪二十年代初期，也就是艾略特刚出名的时候，他的诗作只有极少数文学艺术界的前卫人士才能欣赏。今日的“中眉”乃至“低眉”也喜爱昔日的“高眉”，表明这八九十年以来英国诗歌读者趣味上的巨大变化。艾略特在一九三〇年为约翰逊博士的《伦敦》和《人生希望多空幻》两首诗的合订本作序时写道：“不管人们愿意与否，他们的感受性是随时代而变化的，但是只有一位天才人物才能改变表现的方式。很多二流的诗人之所以是二流的，就是因为他们缺少那种敏感和意识来发现他们与前一代人感觉不同，必须使用不同的词汇。”[①]艾略特本人就是一位改变了他那一代人表现方式的“天才人物”。

艾略特一八八八年出生于美国密苏里州的圣路易斯。他的家族来自新英格兰，与亚当斯和洛威尔等美国历史上的望族沾亲。艾略特的祖父一八三四年从哈佛大学神学院毕业，他充满宗教热情而又精于日常事务，以唯一神教（也称神一体派教会）牧师的身份到圣路易斯传教，在这座位于密西西比河河畔的边疆城市建立了自己的教堂。他致力于教育事业，圣路易斯的华盛顿大学的前身就是他创办的。狄更斯在《游美札记》里提到他时还不忘美言几句。[②]唯一神教崇尚知识和现世进取，否认正统基督教里的原罪和受罚等基本教义。当时的美国正在迅速扩张，人们普遍相信进步的理念，相信自我可以不断完善，唯一神教成了美国世俗社会的精神支柱（或曰意识形态）。艾略特成年后的经历和信仰实际上是对带有浓烈美国特色的家庭宗教的背叛。但是，他早年的生活却在他后来的作品中留下了深深的痕迹。他在《四首四重奏》之三中把密西西比河比喻为“威武的棕色大神”，它“阴沉”而又“倔强”。密苏里州在二十世纪初是早期爵士乐拉格泰姆音乐（简称“拉格”）的中心。《荒原》里有这样的诗行：“哦哦哦哦这莎士比亚式的拉格——／多么文雅／多么聪明。”

---

① 引自菲力斯 · M. 琼斯编《二十世纪英国批评文集》，第 1 集（牛津，1933），第 302 页至 303 页。

② 狄更斯于 1842 年上半年赴美游历，下半年即出版《游美札记》，在第 12 章靠近结尾处他写道：“在这个偏远地方（指圣路易斯）上的神一体派教会，也和在美国别的部分一样，有一个值得钦佩的优良牧师。穷人很应该对这个教会感念，因为这个教会是帮助扶持穷人的，它还扶持合理的教育事业，不限于任何宗派的利益，不抱任何自私的目的。它所有的行动，都是慷慨豪爽的，以仁慈为怀，以博施为善。”引自上海译文出版社 1998 年出版的“狄更斯文集”《游美札记》（张谷若译）和《意大利风光》合订本，第 256 页。

一九〇六年至一九一四年，艾略特在哈佛求学。一九一〇年十月至一九一一年夏，他游学巴黎，与法国青年韦尔德纳尔结为好友，还完成了诗歌《J. 阿尔弗雷德 · 普罗弗洛克的情歌》和《一位夫人的画像》。他大大得益于哈佛的自选制度，受到威廉 · 詹姆斯、白璧德和乔治 · 桑塔亚那等大师亲传，甚至还学了点梵文。他对但丁的境界心向往之，一边修习意大利文，一边在不同的场合用但丁的语言默诵《神曲》中的诗章。白璧德对以卢梭为滥觞的张扬个人和自我的浪漫主义的批判，桑塔亚那对卢克莱修、但丁和歌德三位哲学诗人的分析，是艾略特的精神成长过程中的重要营养要素。一九一四年夏，艾略特为撰写有关英国哲学家弗 · 赫 · 布拉德利的博士论文[①]赴牛津大学留学。同年秋，他在英国结识了比他大三岁的同胞庞德，并很快成为以后者为核心的文学圈子中的一员。庞德读了艾略特的一些诗稿后大加赞赏，推荐到美英两家颇具先锋色彩的杂志《诗刊》和《爆炸》上发表。一场诗界革命正在悄悄发生。这两位旅欧的美国年轻人都深爱欧洲古典语言，对惠特曼式的自吹自擂的宏大诗风尤其反感。用庞德的小诗《合同》中的话来说，继承自惠特曼的诗歌材料将在这一辈新人手中获取新的形体与生命："是你砍了新的木头，／如今已是雕刻的时候。"[②]

从此艾略特走上了与亨利 · 詹姆斯一样的移居英国之路。哲学家罗素把他介绍给社交界的闻人，使他能够更加便捷地登

---

① 这部论文就是1964年在伦敦出版的《弗 · 赫 · 布拉德利哲学中的知识和经验》。艾略特早在1916年就将论文寄交哈佛哲学系，后因战争等原因未能亲赴哈佛参加答辩，故而未获博士学位。

② 诗中的"你"指惠特曼。这首诗收入《人物：埃兹拉 · 庞德诗合集》（纽约，1926）。

上英国文坛。一九一七年艾略特进伦敦的劳埃德银行“殖民地与海外处”工作，同年诗集《普罗弗洛克和其他观察到的事物》出版。文化界的少数精英对艾略特的异常兴趣加速了这位三十岁的美国诗人在伦敦得到承认。尽管他的《诗作》只收了《夜莺声中的斯威尼》等几首小诗，弗吉尼亚·伍尔夫和莱纳德·伍尔夫还是以兴奋的心情亲自在霍加斯书局用手工印制限量版，这本精致的诗册自然而然地飘出权威的墨香。翌年年初，奥维德印书馆又出了他的诗集《我们向您祈祷》（美国版书名 *Poems*），剑桥英文系年轻教师瑞恰慈读后立即想请作者到剑桥教英国文学，还专程去银行看他，未获成功。[①]一九二二年十月，艾略特非常看重的杂志《标准》在罗斯米尔夫人的赞助下创刊，他利用主编的特权，在第一期上刊出《荒原》。第二年霍加斯书局为这首时人还不大能接受的长诗出单行本，弗吉尼亚·伍尔夫自己动手为它排版。

一九二五年四月，艾略特加入成立不久的费伯出版社，后来成为该社总编，直至辞世。作为出版家的艾略特热心奖掖后进，英国现代文学（尤其是诗歌）的框架也可以说是他直接参与搭建的。奥登的第一本《诗集》（一九三〇）由艾略特在费伯出版，所谓的“奥登那一代”即便有反抗前辈诗人之意，也都在不同程度上受教于艾略特。比奥登还小一辈的泰德·休斯也得到艾略特的提携，并长期将艾略特视为父亲般的人物，他的第一部诗集《雨中鹰》（一九五七）由费伯推出后立即得到普遍的认可。在现代派小说演进史上，艾略特也留下了他的印记。朱娜·巴恩斯的《夜林》（一九三六）中有不少女性同性恋的内

---

① 见彼得·艾克罗伊德著《托·斯·艾略特传》（纽约，1984），第99页至100页。

容，触犯了当时的禁忌，艾略特不仅予以出版，而且还为小说的美国版（一九三七）撰写了有名的短序。[①]被艾略特退回的稿子中也不乏名作，例如乔治·奥威尔的《动物农场》。艾略特并不同意这部政治寓言的讽刺指向。他直率地告诉作者，从小说的描写来看，猪在各种动物中最聪明，农场只能由猪来管理，要紧的是这些猪必须具有公共精神，其他都是次要的。

一九一五年，艾略特未征得父母同意就与英国姑娘薇薇恩·海伍德结婚。或许他想以此断绝回到美国的念头。薇薇恩经常失眠头痛，情绪波动大，有时还有点歇斯底里，致使两人不堪重负。到了一九二五年，艾略特与他的英国朋友们公开谈论与她分手的可能。后来两人分居，薇薇恩健康状况继续恶化，不得不在一九三八年进一家私人精神病院疗养。也许是不想再去碰触他俩心灵上的伤口，艾略特从来没有去探望过薇薇恩，很多艾略特的崇拜者为此感到不安。一九八四年，迈克尔·黑斯廷斯通过戏剧《汤姆和薇芙》讲述了两人间这段神经绷得过紧因而充满痛苦的生活故事，十年后同名电影上映。舞台和银幕上的艾略特都给观众留下过于矜持、冷酷的印象。但是二〇〇九年十一月出版的《艾略特书信集（第二卷）1923—1925》（由瓦莱丽·艾略特与休·霍顿合编，费伯出版社）却显示，艾略特在《荒原》发表以后的两三年时间里一心照顾薇薇恩，可以说也尽了责。另外，他还忙于应付银行事务，编辑《标准》杂志并从事写作，力不从心。难怪他自己有时候几乎也到了神经崩溃的边缘。

---

① 艾略特赞赏巴恩斯的语言风格，并强调小说呈现了带有普遍意义的人类的苦难和局限。

艾略特出国不归，他在哈佛时结识的波士顿姑娘艾米莉·黑尔极其失望。据考，艾略特早期诗作里“姑娘”或“女士”的形象往往以艾米莉为模本，没有艾米莉激发的那种类似心灵顿悟的强烈而神秘的经验，艾略特大概写不出像“梳理，梳理着你秀发中的阳光”（《一个哭泣的年轻姑娘》）那样令人难忘的诗行。一九二七年，经过多年的沉默后，在威斯康星州一所学院执教的艾米莉就当代文学的有关问题写信请教艾略特，从此两人书信往还相当频繁。假如他们有某种默契的话，那就是，一旦薇薇恩过世，他们就共同生活。但是薇薇恩一九四七年去世后，已习惯独居的艾略特不再与艾米莉谈起婚事，两人为此都感到苦恼。在伦敦这方面，与艾略特亲密无间但又从不逾越礼防的玛丽·特里维廉两次向他表示愿意结为夫妇，遭到婉绝。艾略特在一九五〇年给玛丽的信里不得不坦白，他与另一位女士相爱已久，那感情几乎难以言表。他只想与她结婚，但是竟然无法履行自己爱的允诺；身体的疲乏无非是灵魂衰竭的标志。也许他的畏缩是永远得不到原谅的，他的钻心之痛将一直陪伴到他的死亡。但是到了五十年代中期，艾略特的灵魂衰竭出现转机。一九五七年一月，他出人意料地与他在费伯出版社的秘书瓦莱丽·弗莱彻结婚。这对大西洋彼岸的艾米莉·黑尔是极大的打击。

艾略特于一九二七年加入英国国教会，改入英国国籍。他在文集《兰斯洛特·安德鲁斯》（一九二八）的序言里对自己的立场作过一番表白，他称自己是“文学上的古典主义者，政治上的保皇派，宗教上的英国国教高教会派”。其实他在一九一四年旅欧时就产生过强烈但又模糊的宗教冲动。

很少有英国作家像艾略特那样长期倾心于法国文学。一九〇八年二月，亚瑟·西蒙斯的《文学中的象征主义运动》（一八九九）一书使还在哈佛读本科的艾略特对法国象征派诗人如兰波、拉弗格和魏尔伦产生浓厚兴趣，他甚至尝试用法语写诗。一九五〇年，他在总结但丁对他的特殊意义时说，儒勒·拉弗格教会他如何锤炼自己的语言。读者不难发现，拉弗格笔下那严肃而又滑稽、高尚而又猥琐的小丑的形象改头换面后出现在艾略特的早期诗作里。艾略特还特意提到，波德莱尔在《七个老头子》中的两行诗（“熙熙攘攘的都市，充满梦影的都市，／幽灵在大白天里拉行人衣袖！”）给他极大启发，原来描写城市生活丑恶面的写实笔法可以与诗人变化万端的幻想巧妙结合，他当年在圣路易斯目睹的诸多城市景象尽可入诗：

> 我想，从波德莱尔那里我第一次知道诗可以那样写，使用我自己的语言写作的诗人从未这样做过。他写了当代大都市里诸种卑污的景象，卑污的现实与变化无常的幻景可以合二为一，如实道来与异想天开可以并列。从波德莱尔那里，就像从拉弗格那里，我认识到我有的那种材料，一个少年在美国工业城市所具有的经验也能成为诗歌的材料；新诗的源头可以在以往被认为不可能的、荒芜的、绝无诗意可言的事物里找到；我实际上认识到诗人的任务就是从未曾开发的、缺乏诗意的资源里创作诗歌，诗人的职业要求他把缺乏诗意的东西变成诗。一位伟大的诗人只需在很少的几行诗里向年轻的诗人传授他必须传授的一切。①

---

① 引自《批评批评家》（1965），重排本（伦敦，1978），第126页至127页。

来自母语文学传统之外的影响往往发生较晚，故而作家对此有很强的自觉意识。人们不记得自己婴儿时期吮吸的乳汁的香味，并不意味着在不自觉的状态下吸收的营养就无足轻重。在艾略特身上，英语诗歌传统和英语文化的感化力是不言自明的。他的创作常常得益于他对伊丽莎白时期的剧作家和十七世纪英国文学的深湛研究。艾略特生前未发表的一系列早期诗作经著名学者克里斯多弗·里克斯编辑于一九九六年出版，[①]编者极为详备的注释表明，艾略特既善于模仿拉弗格等人的诗风，又时不时地让自己的诗句回应英语诗界前人的声音。所谓的现代派诗歌以反对维多利亚时期的感伤和矫揉造作著称，但是它与维多利亚时期文学的千丝万缕的联系绝对不容忽略。艾略特诚然改变了他那一代人的表现方式，不过他从小就从十九世纪的英国文学中汲取了大量养料。他在十四岁时迷上了英国作家爱德华·菲茨杰拉德翻译的《鲁拜集》，也学着用四行诗体写诗，可惜这些最早的习作已经不存。他对狄更斯小说中的细节极其熟悉（还从《马丁·瞿述伟》来认识十九世纪四十年代浮夸的美国），甚至喜欢成段地背诵福尔摩斯的故事。这部文集中有好几篇艾略特评论阿诺德、丁尼生、佩特和柯林斯等十九世纪中后期作家的文章，我们可以看出他如何浸淫于维多利亚文化。在他接触法国象征派诗人之前，他研读过十九世纪九十年代的英国诗歌。约翰·戴维森的《一周三十先令》一诗中那位在贫困中不失尊严的小职员的形象使艾略特终生难忘。[②]艾略特注意到戴维森不避俚俗的语言与该诗的内容相得益彰，这一

① 即《三月兔子的发明，诗集：1909—1917》（纽约，1996）。
② 见艾略特为《约翰·戴维森诗选》（伦敦，1961）所作序言。

特点显然也见于艾略特的创作实践。

《普罗弗洛克和其他观察到的事物》是艾略特发表的第一本诗集。不受格律限制的自由诗体、不登大雅之堂的描写和新奇得近乎怪诞的比喻还不能为普通读者所接受，《泰晤士报文学增刊》和《新政治家》杂志的诗评人甚至怀疑这些“观察”是不是可以称为“诗”。诗集中最引人注目的是《J. 阿尔弗雷德·普罗弗洛克的情歌》（最初在一九一五年六月的《诗刊》上登出）。以往的情歌是夜莺用甜蜜的歌喉唱出来的，普罗弗洛克的情歌则不然。该诗起首处的“暮色”毫无诗情画意，它“像一个上了麻醉的病人躺在手术台上”。诗中的主人公“我”似乎走在赴晚宴的路上，任自己的思想随着狭窄冷清的街道延伸展开。他自称不是哈姆雷特，但和哈姆雷特一样犹豫不决，缺乏采取行动的热情。他意识到自己在用“咖啡勺”一点点量走自己的生命，但是他的怯懦和压抑又使他无法改变这一局面：“我敢惊扰／这个世界吗？”答案是否定的：

> 等我被客套制住了，趴倒在一根别针尖上，
> 等我被别针钉住了，在墙上挣扎扭动，
> 那我该怎样开始
> 把我的日子和习惯的残余一古脑儿吐个干净？

也许一切努力都是徒然耗费精力，“我害怕”“我老啦……我老啦……”耽于自省、未老言老的普罗弗洛克为自己空虚的生活感到痛苦，他在揭示空虚的时候又带有几分自嘲。客厅里谈论米开朗琪罗的女士仿佛是讽刺的对象，不过普罗弗洛克本人也是那种客厅文化的组成部分。艾略特在诗的开头设置了一

个悬念，普罗弗洛克准备把读者“引向一个令人困惑的问题”，可是普罗弗洛克的世界充分展露后读者依然不知道那个“问题”的切实内容。或许在这个世界里根本没有什么事是重大的，生活如此琐碎，重大问题的丧失才是真正的重大问题。

这本诗集中的《序曲》和《大风夜狂想曲》等诗也十分有名。叙事诗《一位夫人的画像》用的是亨利·詹姆斯式的笔法，无比精细的意识和观察随着“我”大脑里“沉闷的节奏”闪耀出一个个微妙的瞬间，对话充满弦外之音，含蓄的嘲讽里夹带了忧郁的抒情。

艾略特在他的早期创作中善于把自己藏匿在诗句背后，不断变换面具和语气。诗中的“我”大都是戏剧人物，不是直抒胸臆的作者本人。但是总的看来他偏爱一种萎靡不振、无可奈何同时又不失幽默的声音。《小老头》本来要用作《荒原》的引子，因庞德劝阻而放弃。约翰·亨利·纽曼的长诗《吉隆修斯之梦》（一八六五）描写一位天主教徒弥留之际灵魂如何飞离肉体而去，有望进入天堂。诗中有一种静穆的喜悦。而这篇回应之作里的那个老头子生活环境肮脏猥琐，他自称“风口里一个迟钝的脑瓜”，“没有魂”；《空心人》中的“我们”不是“迷失的狂暴的灵魂”，而是头脑里塞满稻草的空心人，他们的世界“嘘的一声”告终。

批评家阿瑟·沃在评论艾略特、庞德等人的“新诗”时抱怨，年轻诗人为了显得惊世骇俗不顾一切代价，他们迅速变换的意象像礼花般升空后散落一地，读者看不到“持续不断的思想之流”。①

---

① 见麦克·格兰特编《托·斯·艾略特：批评遗产》（伦敦，1982），第1卷，第67页。

这一特点确实使一般读者难以理解艾略特的早期诗歌。艾略特曾说，读者也会像演员那样“怯场”，这种惊恐的心理状态尤其不利于欣赏较为晦涩的诗，因为读者会为并不存在的“意义”大费脑筋。[①]艾略特的诗作往往没有通盘谋划好的思想脉络，他数次开玩笑地引用拜伦《唐璜》中的诗行为自己辩解：“我当然不敢号称我十分懂得／当我想露一手时自己的用意。”[②]在著名论文《玄学派诗人》里他还表达了这样的高见：当代诗人的作品肯定是费解的，我们的文化体系的多样性和复杂性必然会对诗人的敏感性产生作用，“诗人必须变得愈来愈无所不包，愈来愈隐晦，愈来愈间接，以便迫使语言就范，必要时甚至打乱语言的正常秩序来表达意义”。[③]这一观点与詹姆斯·乔伊斯的“词语革命”的基本精神大致吻合，省略标点、不顾句法成了反映当今文明的最佳手段。从这一激进的见解可以推导出一条结论：世界本来就是无序的，语言不必考虑是否规范。美国批评家维姆萨特称此为“以无序的语言模仿无序”[④]，这也是艾弗·温特斯穷毕生精力反驳的现代派“模仿性形式谬见”。可能出于类似的考虑，克林斯·布鲁克斯和罗伯特·潘·沃伦在广泛使用的美国英文系教科书《理解诗歌》中将《荒原》归入“文明崩散”类的作品。

艾略特在为法国诗人圣琼·佩斯的长诗《征讨》英译本所作序言里对上述观点作了补充说明。他认为，在诗歌创作中有一种“想象的秩序”和“想象的逻辑”，它们不同于常人熟悉

① 见《诗的功能与批评的功能》（伦敦，1933），第151页。
② 引自瓦莱丽·艾略特编《托·斯·艾略特书信集》，第1卷（纽约，1988），第69页。
③ 引自《论文选》（1932），扩充版（伦敦，1951），第289页。中文译者李赋宁。
④ 见维姆萨特《语象》（肯塔基，1954），第116页。

的秩序和逻辑，因为诗人省略了起连接作用的环节；读者应该听任诗中的意象自行进入他那处于敏感状态的记忆之中，不必考察那些意象用得是否得当，最终自然会收到很好的鉴赏效果。①

表现这种“想象的秩序”和“想象的逻辑”最为充分的大概就是奠定艾略特现代派主将地位的《荒原》。长期以来，《荒原》被视为二十世纪欧洲文学史上的里程碑，从它的定价和出版过程来看，庞德和艾略特确是有意把它作为一种新文学的代表作推出。②该诗原名“他用不同的声音读警察报告”③，其中有的部分系艾略特旧作，后经庞德修改，最初于一九二二年十月在艾略特自己主编的《标准》杂志创刊号上亮相，一个月后，纽约的《日晷》杂志也予以登载。在同年年底美国出版的《荒原》单行本上有艾略特为增加篇幅而作的注释，后来这些注释成了《荒原》的一部分。④

《荒原》分《死者的葬礼》《弈棋》《火诫》《死于水》和《雷霆的话》五个部分，全诗共 433 行，使用了七种文字（包括题辞）和大量典故，包容性不可谓不广。艾略特在题解中强调了韦斯顿的《从祭仪到传奇》（一九二〇）和弗雷泽的《金枝》（一八九〇至一九三六）两部作品中的圣杯传说、繁殖仪式和人类学里的复活原型对他创作的影响。《荒原》发表后，各种阐释层出不穷，人们往往把它当作对西方文明的没落的写照。

---

① 见弗兰克·克莫德编《艾略特文选》（伦敦，1975），第 77 页至 78 页。

② 详见劳伦斯·雷纳《现代主义的价钱：〈荒原〉的出版》一文，载罗纳德·布什编《托·斯·艾略特：历史中的现代派》（剑桥，1991），第 91 页至 133 页。

③ 见狄更斯小说《我们共同的朋友》。

④ 钱锺书先生在小说《围城》里讽刺过企图模仿《荒原》风格的留学生曹元朗，并戏称这类带注的作品为“学人之诗”。

也有批评家从“荒原”的拯救上做文章，认为《荒原》在本质上与《尤利西斯》不同，艾略特描写了孤苦无援的个人面临无边的黑暗战栗不止，要解决当代社会的各种问题非人力所及，唯有在隆隆雷声中静候甘霖降临。也就是说，《荒原》一诗含有基督教的底蕴。艾略特本人并不认可这一说法，否认这首诗表现了一代人的幻灭感，甚至否认它是社会批评：“对我而言，它仅仅是个人的、完全无足轻重的对生活不满的发泄；它通篇只是有节奏的牢骚。”[①]在中国文学传统中，发牢骚是文雅的消遣，“怀才不遇”者的特权。人们可能会忽略这一事实，即“对生活不满”和“牢骚”在英文里带有酸溜溜的小气相。这种有失自尊的发泄不仅指《荒原》的基本格调，大概还包括形式上的混乱（“没有什么组织”）和语言的残缺。艾略特称，在写《四首四重奏》的时候他已无法再以《荒原》的手法写作，“在《荒原》里我甚至不在乎是不是理解我正在说什么”[②]。

随着《荒原》原稿的发现，读者注意到该诗并不是像过去所理解的那样完整，而要用韦斯顿和弗雷泽的著作来系统解释其象征结构或将严肃的宗教意义赋予那些隆隆雷声未免太勉强。杰出的批评家弗·雷·利维斯对《荒原》的口语诗体极为推崇，但他早在三十年代初就指出了《荒原》在结构上的欠缺。他承认该诗总体效果极佳，但它是由一些不相干的片断联缀而成，并没有思想上的推进与发展：“生活中缺乏方向感和组

① 引自瓦莱丽·艾略特编《〈荒原〉原稿的影印和誊写本》（伦敦，1971），第 1 页卷首引语。美国诗人罗伯特·弗罗斯特（Robert Frost，1874—1963）在大萧条时期将“悲伤的文学”（literature of griefs）区别于“抱怨的文学”（literature of grievances）：前者刻画人类生存状况的常数；后者只是涉及有限的、暂时的境地，尽管它也产生了承受痛苦的详细而且往往动人的场景，这些场景在本质上毕竟太囿于局部和激情。

② 见凯·迪克编《〈巴黎评论〉人物专访选》（哈姆斯沃思，1972），第 127 页。

织的原则，这对最高形式的艺术中的组织也是不利的。”[1]艾略特自己很早就对这欠缺有所意识。一九三一年，哈佛大学召开学术讨论会纪念多恩逝世三百周年，艾略特作为一般人心目中玄学派的传人和新文学的翘楚为此撰写文章《我们时代的多恩》，被收入《献给多恩的花环》一书。艾略特感叹道，经院哲学家百科全书式的思想自成一统，而多恩的思想和感情已经脱节。多恩之所以行时就是因为“他的诗中没有什么组织。他只是不知所措但又不失幽默地把各种残片掺和一下”[2]。艾略特自己在《荒原》里旁征博引，不也是在掺和斑驳陆离的残片吗？当然这种不同文体的混杂并陈在不少场合是费尽心机的。艾略特是集字和集句艺术的大师，他往往能把他从前人作品中窃取的东西融于一种全新的、独一无二的感觉之中。这些手法古已有之，但是尤其为二十世纪先锋派音乐家和艺术家所喜用。艾略特在《莎士比亚和塞内加的斯多葛主义》（一九二七）一文中关于多恩的一段文字用来评价《荒原》时期的艾略特也十分合适：

> 我发现不可能得出这一结论，即多恩有过什么信仰。看来当时破碎思想体系的残片充斥于市，多恩这样的人就像好收集杂货的喜鹊一样，拣起那些引起他注目的亮晶晶的各种观念的残片胡乱装点自己的诗行……［在他的诗中］有的只是一大堆不连贯的学问的大杂烩，他从中汲取的纯粹是诗的

① 见利维斯《英语诗歌的新动向》（1932），鹈鹕版（哈姆斯沃思，1972），第86页。
② 见艾略特《我们时代的多恩》，载西奥多·斯宾塞编《献给多恩的花环》（哈佛，1931），第8页。

效果。[①]

在诗集《普罗弗洛克和其他观察到的事物》的《一个哭泣的年轻姑娘》中，艾略特以极其简洁的笔法表现了一种转瞬即逝的美的经验。在《荒原》里也有心灵震撼的一刻，请看这一片断：

——可是等咱们从风信子花园回家，时间已晚，
你双臂满抱，你的头发都湿了，我一句话
都说不出来，眼睛也看不清了，我既不是
活的也不是死的，我什么都不知道，
茫然谛视那光芒的中心，一片寂静。

但是《荒原》中很多诗行属于截然不同的性质。艾略特在他第一篇论但丁的文章里就认识到，对丑恶或可怖事物的沉思是艺术家追求美的本能中消极但又必要的一面，然而要像但丁那样从否定走向肯定是极其困难的。[②]后来他在评莎士比亚同时代人西里尔·图尔纳的《复仇者的悲剧》里又指出，该剧的动机是死亡动机，出自作者对生活本身的厌恶和无可名状的恐惧，这种对生活的憎恨代表了人生过程中一个重要阶段。年轻的图尔纳具有非凡的遣词造句的能力，但《复仇者的悲剧》毕竟是狭隘的、不成熟的。诗人阅历太浅，误以为自己有限的经验就是生活的全部。《荒原》里那一派腐烂破败、老鼠爬行的景象，弥

① 引自《论文选》，第138页至139页。
② 见艾略特《圣林》（1920），第7版（伦敦，1950），第169页。

漫于字里行间的百无聊赖的感觉，对“尸体”和“白骨”等死亡意象的迷恋所暴露的正是图尔纳式的否定生活的死亡动机。这种主要由个人境遇中的挫折生发的死亡动机有时候听起来也像是对社会的绝望抗议。

发表于一九二五年的《空心人》标志了艾略特前期诗歌的终结。作于一九二七年至一九三〇年的四首圣诞小诗揭开了他创作生涯中新的一页。这转变是与艾略特的宗教态度相关的。他曾表示，信仰的关键就是接受生活。《灰星期三》（一九三〇）是这转变期的代表作。以往艾略特的语气、视角灵活多变，他总是戴了面具说话。此时诗中的“我”已接近艾略特本人的声音，这声音不再是对生活的充满巧智但又几近虚无的嘲弄，它具有一种但丁式的不怨不忿的谦卑：

因为我不再希望重新转身
因为我不再希望
因为我不再希望转身
觊觎这个人的天赋和那个人的能量

“不再希望”包含了对生活和社会的肯定：“我对事物的现状感到欢欣。”艾略特以隐喻揭示获得信仰的艰难历程，以怀疑为力量的信仰与“恶魔一般的楼梯”搏斗、攀登，诗人终于从窗口看到通向花岗岩的海岸，看到“白色的船帆依然飞向海的远方”。与《灰星期三》同一年发表的圣诞小诗《玛丽娜》是二十世纪英语短诗的杰作，艾略特通过莎士比亚戏剧《泰尔亲王配力克里斯》中亲王与失而复得的女儿相认的情景来形容自己新的精神生活。“为了生活在一个超越自我时间的世界里”，他又要扬帆出海了，前面是“那希望，那新的船只”。

艾略特的登峰造极之作是作于一九三五年至一九四二年之间的《四首四重奏》。这四首诗形成一个整体，又可以独立成篇，它们分别是《焚毁的诺顿》（一九三五）、《东科克》（一九四〇）、《干燥的塞尔维吉斯》（一九四一）和《小吉丁》（一九四二），其中干燥的塞尔维吉斯是美国新英格兰马萨诸塞海湾安角外的礁岩，其余三个均系英国地名。《四首四重奏》是探讨永恒和时间的哲理诗，但是诗人并不使用纯粹是抽象的概念，他带领读者在具体的历史中探索永恒与时间的辩证关系。艾略特一开始就把我们引入关于时间的思考：“现在的时间和过去的时间/也许都存在于未来的时间/而未来的时间又包容于过去的时间。”他既不赞成否定过去的进化论，又拒绝接受永恒与时间的简单对立。要征服或拯救时间，首先必须进入时间。世外桃源或极乐天堂缺乏人间经验的基础，必然是空洞的：“只有在时间之内/那在玫瑰园中的瞬间/在雨声淅沥的凉亭里的瞬间/当烟雾降落在通风的教堂里的瞬间/才能忆起。”这三个“瞬间”突出了永恒与时间的交叉点——现在。历史意识、入世的精神和出世的精神在这些诗行里水乳交融：

……一个没有历史的民族
不能从时间得到拯救，因为历史
是无始无终的瞬间的一种模式，所以，当一个冬天下午
天色渐渐暗淡的时候，在一座僻静的教堂里，
历史就是现在和英格兰。

出于这样的情怀，艾略特写道：“对一个国家的爱／始于喜爱自

己的工作领域。”艾略特在创作《四首四重奏》的后三首时第二次世界大战正在激烈进行中，他一方面作为伦敦民防队员恪尽职守，一方面又希望战争最终将涤荡人类的灵魂。“鸽子喷吐着炽烈的恐怖的火焰／划破夜空，掠飞而下”，但是德国轰炸机的毁灭之火与圣灵降临节的炼火合而为一，当烈火与象征了信仰的玫瑰结合时，过失和罪愆得到宽恕，我们又听到来自人间但又超越时间的“深藏的瀑布的飞湍声”，“苹果林中孩子们的欢笑声”。

《四首四重奏》的用语普通正规而又十分精确。对语言异常敏感的艾略特常会词不达意，他在《东科克》里把写诗比为“跟语言和涵义作无法容忍的扭打”。这一比喻使读者想到维多利亚时期诗人、耶稣会教士霍普金斯如何为了信仰与上帝角力，[①]因而富有宗教含义，并使诗中对形而上问题的探讨与关于语言的思考结为一体。艾略特对自己的信仰和创作始终不敢心安理得，他担心我们的语言会因使用不当而退化，这必然会影响到我们思想感情的品质。他说自己在两次世界大战之间的二十年里无非是学习运用词语，试图描述那难以言表的心意，但是语言的装备实在差劲，“每一次尝试／都是一次完全新的开始，也是一次性质不同的失败”，所剩的只是“不准确的感觉乱作一团，／一群没有纪律的激情的乌合之众”。遣词造句的难处表述得如此贴切实属难得，但是诗人依然相信：“对于我们，唯有尝试而已。”这已不仅仅指措辞上的精益求精。

艾略特的诗才来自他的批评眼光。他和奥斯卡 · 王尔德一样，反对马修 · 阿诺德把创造的能力与批评能力截然分开。他

① 见霍普金斯十四行诗《食腐肉般的慰藉》。参见《圣经 · 旧约 · 创世记》第 33 章第 21—25 节中雅各曾与天使摔跤。

在《批评的功能》（一九二三）一文里指出："一个作家在创作过程中的确可能有一大部分劳动是批评活动，提炼、综合、组织、剔除、修饰、检验：这些艰巨的劳动是创作，也同样是批评。"①除了创作实践中显示出来的批评才华，艾略特还是二十世纪英国最重要的批评家之一，他的"共同追求正确判断"的理想一度成为颇有感召力的口号，利维斯还将"共同追求"用作自己著作的书名。艾略特的第一本文集《圣林》（一九二〇）就让读者感受到一种开创新时代的权威之声，他的《论文选：1917—1932》更是英国批评史上少有的经典。除此之外，艾略特还著有《诗的功能和批评的功能》（一九三三）、《追求异神》（一九三五）、《论诗和诗人》（一九五七）、《批评批评家》（一九六五）等书。他在剑桥大学三一学院的克拉克演讲（一九二六）以及在霍普金斯大学的特恩伯尔演讲（一九三三）经整理后与读者见面。②他的很多短评、序言尚未结集出版，《标准》杂志上的大量"时评"（Commentary）堪称两次世界大战期间英国文化政治生活的重要文献。

在致哈佛导师保罗·埃尔默·摩尔的信（一九三四年六月二十日）里，艾略特对自己的批评特色做过一番描述。他坦率地表示，自己不擅长抽象思维，主要凭本能直觉从事批评活动。③其实这正是英国批评传统的精华所在。

有的保守人士曾称艾略特是"文学上的布尔什维克"，但是艾略特又以强调"传统"著称。他所理解的传统不是一成不

① 见《论文选》，第 30 页。中文译者罗经国。
② 指罗纳德·舒查德编辑的《玄学诗种种》（伦敦，1993）。
③ 转引自马戈里斯《托·斯·艾略特的思想发展：1922—1939》（芝加哥，1972），序言第 15 页。

变的。在《传统与个人才能》（一九一七）一文里他精辟地表述了一种新颖的传统观：

> 如果传统的方式仅限于追随前一代，或仅限于盲目地或胆怯地墨守前一代成功的方法，"传统"自然是不足称道了。……传统是具有广泛得多的意义的东西。它不是继承得到的，你如果要得到它，必须用很大的劳力。第一，它含有历史的意识，……历史的意识又含有一种领悟，不但要理解过去的过去性，而且还要理解过去的现存性；历史的意识不但使人写作时有他自己那一代的背景，而且还要感到从荷马以来欧洲整个的文学及其本国整个的文学有一个同时的存在，组成一个同时的局面。

这种共时性的传统在不断地产生新的组合："现存的艺术经典本身就构成一个理想的秩序，这个秩序由于新的（真正新的）作品被介绍进来而发生变化。"[①]这样的传统当然是生机盎然的，不过如果没有一种相对稳定的状态，没有一整套教育制度和价值观念作为支撑，这"理想的秩序"就极其脆弱。艾略特本人非常关心教育，他曾于一九五〇年作题为"教育的宗旨"的系列演讲。假如在教育界"经典"的概念被彻底否定，古典文学不再为今人所熟知，那么就没有历史意识可言，传统也将因失去延续性而苍白无力。艾略特在哈佛时共修十八门课，其中与古典文学相关的课程多达七门。

作为批评家的艾略特还有两个引起争议的观点。先说说

① 引自《论文选》，第 14 页至 15 页。中文译者卞之琳。

“感性的脱节”(dissociation of sensibility)。艾略特于一九二〇年评剧作家马辛杰时就写道，在图尔纳和米德尔顿的诗行里“语言永远作细微的变动，语言永远置于新的、突兀的结合之中”，这也是多恩作品的特点。当时的英语发展到顶峰，智性与感觉紧紧相挨，难以分解，而马辛杰则开弥尔顿诗派先河。[①] 翌年，艾略特为《泰晤士报文学增刊》评格里厄森教授新编《十七世纪玄学派诗歌集》时又把这一主题发挥一番。他在书评《玄学派诗人》(一九二一) 中提出，一般人的经验是混乱零碎的，但是玄学派诗人与但丁和意大利十三世纪诗人相似，在他们的心智里，各种经验不断形成新的整体，这种能吞噬、糅合任何经验的感觉机制在弥尔顿和德莱顿的作品中已不复存在，艾略特把这一变化称作“感性的脱节”。[②] “感性的脱节”一说在三四十年代流布很广，扬多恩、抑弥尔顿一时成了评论界的风气，[③]思想史家还试图从十七世纪科学的兴起来解释感性脱节的现象。到了五十年代，有人怀疑“感性的脱节”是否确实存在，艾略特本人也意识到这一提法有失妥当。其实，他在二十年代中期就修正了自己对玄学派诗人的评价，后来又承认，十七世纪的变革有深刻复杂的原因，把“感性的脱节”归咎于弥尔顿和德莱顿是错误的。[④]这一转变过程值得探究一番。

艾略特在一九二四年的文章《伊丽莎白时代四位剧作家》中指出，伊丽莎白时期的哲学特点是混乱、解体和衰败，与之相对应的是该时代剧作家在艺术上的贪婪：“他们想达到各种各

① 参见《圣林》，第 128 页至 129 页。
② 参见《论文选》，第 287 页至 288 页。中文译者李赋宁。
③ 这方面最重要的著作是利维斯的《重新评价：英诗的传统与发展》(1936)。
④ 详见《论诗和诗人》(伦敦，1957) 中第二篇论弥尔顿的文章。

样的效果，他们不愿承认并接受任何限制。”[1]艾略特和桑塔亚那一样，也把但丁视为诗人的楷模：以阿奎那为代表的中世纪基督教神学渗透到但丁诗作的各个方面，并使但丁的思想和感觉浑然融为一体。一九二六年一月至三月，艾略特应剑桥三一学院之请作克拉克讲演，题目为“论十七世纪玄学派诗人”[2]，共八讲。在演讲中他又赞叹中世纪哲人的定力：他们完全沉浸在思想之中，虽然世事不宁，他们在大学和修道院里以超凡脱俗的精神追求真理。艾略特以但丁和意大利十三世纪诗人为参照，批判地审视一度使他倾倒的玄学派诗人，若无其事地否定了自己早先关于两者完全一样的观点。他说，在十六和十七世纪之交的英国，天主教右翼的耶稣会教士为捍卫正统，驳斥新教的所谓异端邪说，已不能做到持平公允；他们“太深地卷入论争，无暇顾及沉思”。多恩与耶稣会教士争论不休，[3]不免一心要把对方驳倒，学问都为此目的服务。他的心智，已不是澄明的纯理论的心智，而是好歹要证明自己正确的律师心智，与十三世纪的诗人贤哲不可同日而语。当时的宗教和神学背离了形而上真理，一味追求心理效果；哲学也受到影响，放弃了对本体的研究，陷入以人为中心的心理学的泥淖（第二讲）。

艾略特在谈这个哲学背景时，首先想到的就是多恩所受到的怀疑主义影响以及与之相随的重视心理效果的诗作。对心理

① 引自《论文选》，第116页。中文译者李赋宁。

② 已收入罗纳德·舒查德编辑的《玄学诗种种》（伦敦，1993）。1925年获此荣誉的是约翰·米德尔顿·穆雷。穆雷当时以维护浪漫主义著称，是他向三一学院推荐他的论敌艾略特作下一年度的演讲。由于瑞恰慈等人的推举，艾略特已经参加过剑桥的一些学术活动。

③ 关于多恩和耶稣会论争的来龙去脉，参见罗·塞·博尔德《约翰·多恩传》（牛津，1970），第200页至237页。

学的批评也就是对听众中他的契友瑞恰慈的发难。艾略特紧接着指出，瑞恰慈在《文学批评原理》[①]中把思想感情与外在世界断然分开，爱成了欲望的满足，并不是基于对某客体的认识（第二讲）。注意的焦点从超越个人的价值和事物转向个人的、与外部世界不必有所联系的内在心理状态，这就是从本体论到唯心理论的转变。演讲三年前，他认为，时人折服于多恩，乃因多恩能把光怪陆离的心境不加修饰整理地和盘托出。“心理学使伦理学黯然失色。我们承认这样的信条：任何心境都极为复杂……当我们发现一位诗人表达了复杂的心境，既不克制又不加修饰，我们就欢迎他。”[②]艾略特在《玄学派诗人》一文里浮光掠影地谈及《道别》里圆规、眼泪与地球的形象和《遗骨》中“绕在白骨上的金发手镯”，并把它们视为多恩使用意象叠加和突兀对比的最成功范例。但在克拉克演讲中，艾略特指出圆规的形象喧宾夺主，多恩不是使形象符合主题思想的需要。他把思想依附于形象大大发挥一番；多恩在《遗骨》一诗中不能专注于白骨上金发的意义，激情变成了半明半暗思想的游戏（第四讲）。他专重心理效果，对思想有一种淫欲；他企求的不是思想本身的意义和价值，而是思想发展变化能给予他的快

① 该书发表于 1924 年，1926 年再版时作者增补了两篇附录，附录之二题为《托 · 斯 · 艾略特的诗歌》。瑞恰慈指出，艾略特的诗歌是“观念的音乐”：“观念各式各样，有抽象的和具体的，一般的和特殊的，它们就像音乐家的乐句那样排列起来，并不是要告诉我们什么，而是要在我们身上起到各种效果，这些效果结合起来形成一种感情和态度上的连贯整体，并产生一种特殊的意志的解放。”见《文学批评原理》，重排版（伦敦，1967），第 233 页。艾略特在准备克拉克演讲时《文学批评原理》第二版还没有出版。瑞恰慈所说的“观念的音乐”其实与艾略特评法国诗人佩斯时提到的“想象的秩序”约莫相似。《文学批评原理》已由杨自伍先生译出，南昌百花洲出版社 1992 年出版，《托 · 斯 · 艾略特的诗歌》在第 264 页至 270 页。

② 见艾略特《约翰 · 多恩》，载《雅典娜神庙》，第 33 期（1923），第 331 页至 332 页。艾略特同年为《尤利西斯》辩护时称正在取代“叙述方法”的“神话方法”发源于心理学、人种学和《金枝》。见弗兰克 · 克莫德编《艾略特文选》（伦敦，1975），第 177 页至 178 页。

感。他把自己心智的产物置于股掌之间摩挲玩弄，细细品味其各种感情效果。在此意义上，艾略特称多恩为“贪迷思想之徒”（第五讲）。但丁洗炼清澈的语言体现了一个井然有序的世界。十三世纪意大利诗人的“句法和用语证实了他们的优越性。生活在很高的境界就不会沉溺于冗词赘语”。多恩的时代缺乏坚实的哲学，他博览群书，但是没有融会贯通和甄别的能力，无法把零零碎碎的学问理出头绪（第三讲）。这导致他在语言上装腔作势，避简就繁（第五讲）。奇想（conceit）是比喻的一种极端形式，多恩偏好奇想，并不是用来使思想明晰，感情确切（第四讲）。①艾略特羡慕但丁有一以贯之的哲学使自己的各种经验在一个整体内各得其所，当代的社会像多恩时代的社会，惘惘然无所依托，于是诗人在语言形式上追随多恩，到他那些看来煞有介事的论证里寻求慰藉（第四讲）。从艾略特一九二五年以后的诗作来看，他也像是在努力使自己的语言向但丁的语言靠拢。

另一个后来使艾略特感到尴尬的提法是“客观对应物”（objective correlative）。他在《哈姆雷特》（一九一九）一文中写道：“用艺术形式表现情感的唯一方法是寻找一个‘客观对应物’；换句话说，是用一系列实物、场景，一连串事件来表现某种特定的情感，要做到最终形式必然是感觉经验的外部事实一旦出现，便能立刻唤起那种情感。”②有学者反驳说，实物和场景本身不可能具有固定的情感内容，“客观对应物”一说似乎显

① 艾略特在 1929 年论但丁的长文里羡慕但丁诗中多寓象和明喻，少隐喻。有人指出，斯宾塞与多恩的不同之处就在他诗中多明喻，这说明表象和实在还能印合。多恩好用隐喻和奇想说明形而上真理已与感觉世界脱节。参见富 · J. 沃恩克《巴罗克文学种种》（纽黑文，1972），第 21 页至 51 页。

② 见《论文选》，第 145 页。中文译者王恩衷。

得缺乏根据。其实在讨论这一问题时就事论事是没有助益的，我们必须将它置于更广泛的背景中来考察。艾略特一再声明，诗应该像玻璃窗一样，读者可以透过它看到窗外的景物。在这见解的背后是一种哲学观，即事物的本体不应被诗人的个性或心理所遮蔽，我们应该尊重客体，专注于思想和感情的对象。“客观对应物”与艾略特的反个性原则有着内在的联系。他曾说，安德鲁斯主教沉浸在他布道的内容之中，他的感情与引发感情的事物或观念是相称的，而多恩在布道时为了表现他的个性一味把玩他的思想。①在谈到斯温伯恩的文字世界独立于它所表指的世界时艾略特还说：“处于健康状态的语言代表了客体，它与客体如此接近，两者合而为一。”但是在斯温伯恩的诗歌里，客体已经消失，意义无非是意义的幻觉，语言已被连根拔起，仅靠空气中的养料存活。斯温伯恩只是为了使用“烦倦”一词而用它，不再用来表指肉体和精神上烦倦的状态。②也就是说，诗人的语言应该用来映照包括现实世界在内的实在，可是斯温伯恩的文字世界是飘浮的，非关外物。从这一点可以推知，艾略特尽管崇拜法国象征派诗歌，但他毕竟是与象征派迥然相异的。马拉美想使诗歌升华到像音乐那样纯而又纯的高度，使之自身成为最终目的。斯温伯恩那些独立自足的文字部分地反映了马拉美的理想。③艾

---

① 参见《论文选》，第 351 页至 352 页。

② 参见《论文选》，第 327 页。

③ 艾略特对诗歌的韵律、音步和音乐性是非常敏感的，他在《埃兹拉 · 庞德的韵律和诗作》（1917）一文里指出庞德诗中的音乐性完全不同于斯温伯恩诗中的音乐性：“这么理解诗歌的音乐性，完全不同于雪莱或斯温伯恩的诗中那种通常被称作音乐的东西，他们的音乐与其说类似器乐，不如说接近修辞（也就是演讲的艺术）。要让诗歌达到音乐的境界（庞德赞同并引用过佩特这句名言），并不表示诗歌必须言之无物。斯温伯恩常用半隐半现、似有回声的抽象表达，……不同于斯温伯恩，也不同于马拉美的模糊缠绵，庞德的诗一贯明确而具体，因为文字后边总有某种明确的情感。”《批评批评家》，第 170 页。中文译者苏薇星。

略特则希望诗能像窗口和路标一样指向独立于诗人的客体，“客观对应物”这一说法或许不大准确，但它多少反映了艾略特的诗学思想。桑塔亚那这段论述卢克莱修的文字也许有助于我们从一个侧面了解“客观对应物”的蕴奥：

> 这种禀赋的最伟大之处就是它的非个性，就是它使自己在对象中消失的本领。我们所读的不像是一位诗人写的关于事物的诗，而是事物之诗本身。事物有其诗，并非因为我们用它们作为象征，而是因为它们自身的运动和生命，这就是卢克莱修向人类所证明的。①

没有诗人非个性的禀赋就没有“事物之诗本身”。

出于一种古典主义的创作观，艾略特认为艺术家应随时不断地放弃、消灭个性，使自己依附于更有价值的东西。也许感受着的人和创造的心灵并不像艾略特想象的那样容易分离，而批评家也一再指出艾略特在创作中不是逃避个性，而是更深地进入个性或“黑暗的胚胎”，②但艾略特所标举的非个性原则确实道出了伟大诗歌的某些基本特征。他说诗人无不从自己的情感开始写作，难的是将一己的痛苦或幸福提升到既新奇又普遍的非个人高度。但丁抱有深深的怀旧感，他为失去的幸福而悔恨，但是他并不为个人的失望和挫折感所累，反而“从个人的本能冲动中建造出永恒和神圣的东西”；莎士比亚从事的也是一场艰苦的斗争，“斗争的目的就是把个人的和私自的痛苦转化

① 见桑塔亚那《三位哲学诗人》（1910），重排版（花园城，1953），第38页。
② 见克·卡·斯蒂德《新诗学：从叶芝到艾略特》（伦敦，1964），第6章。

成更丰富、更不平凡的东西，转化成普遍的和非个人的东西”。正是因为具有这一非凡的超越个人的能力，伟大的诗人才能在写自己的过程中反映他的时代。①

非个性的艺术创作原则与艾略特对独尊个人、个性的自由主义哲学的批判相辅相成。艾略特继承了维多利亚时期阿诺德等哲贤的传统，把自由主义者所提倡的“随心所欲”(do as one likes) 的生活观视为当代社会各种弊端的根源。早在一九一六年拟就的一份法国文学教案里，艾略特就介绍了二十世纪初的思想界如何向古典主义回归：“古典主义的观点从本质上讲是相信原罪——严峻纪律的必要。”②艾略特对现代派中坚人物托·厄·休姆的评价是很高的，在《波德莱尔》（一九三〇）一文结尾处他引用了休姆的一段文字：

> 人类本身被判定在本质上有局限性而且并不完美。他身上带有原罪。偶尔他也能完成一些带有完美特征的事来，但是他本人永远不是完美的。……人在本质上是坏的，他只有在伦理和政治纪律的约束下才能完成任何有价值的工作。因此，秩序不仅仅是消极的，它还带有创造性和解放性。制度是必要的。③

休姆是在批判人本主义时说这番话的，④收在该集的《浪漫主义

① 见《论文选》，第137页。中文译者李赋宁。

② 转引自彼得·艾克罗伊德《托·斯·艾略特传》，第75页。

③ 引自《论文选》，第430页。去掉引文中的基督教成分，这一说法与荀子的性恶论十分相似。荀子把人比为陶土，没有陶人的埏埴，陶土难以成器。人只有矫正其本性，在礼义法度（即“伦理和政治纪律”）的约束下才能为善。

④ 参见休姆《思索集》（伦敦，1924），赫伯特·里德编，第47页。

和古典主义》一文是现代派的重要文献。艾略特的社会批评大致上以类似的精神为出发点，他与本文起首谈到的唯一神教的根本分歧也就在于此。在艾略特看来，以满足人欲为终极目标的人本主义必然使人类社会舍高就低，自由主义对人的局限性懵然无知，是由人本主义派生而来。

艾略特的社会批评主要集中在《什么是基督教社会》（一九三九）和《关于文化的札记》（一九四八）两部著作。[①]艾略特试图用基督教来改造已经世俗化的西方社会，徒劳无功，但他对英美工业文明的批判基于绿色意识，至今读来仍未过时。他谴责对劳动力的残酷剥削和对大自然的掠夺性开发。在资本主义洋洋自得、人类生存环境日益恶化的今天，艾略特对二战前夕资本主义制度的抨击具有惊人的前瞻性："建立在私人利益原则和破坏公共原则之上的社会组织，由于毫无节制地实行工业化，正在导致人性的扭曲和自然资源的匮乏，而我们大多数的物质进步则是一种使若干代后的人将要付出惨重代价的进步。"[②]艾略特警告说，进化论的观点使人们盲目乐观，大家热衷于谴责过去，对当前社会的痼疾却熟视无睹。新发明受到普遍的崇拜，而人的气质——正确使用新发明的先决条件——却无人真正关心。经济学抛弃了伦理学的基础，一整套不道德的自由主义竞争机制必然导致战争。英美社会的集体的骄傲自负使艾略特厌恶，他犀利地指出，既得利益者总是想方设法转移视线，使人们集中注意其他社会（例如德国）的罪恶。经常有

① 这两部著作的中译本合订为一册，名为《基督教与文化》，杨民生、陈常锦译，汪瀰校（成都，1989）。

② 引自《基督教与文化》，第46页。

论者强调艾略特与法国右翼思想家夏尔·莫拉斯的关系，[①]并借此把他描写成法西斯主义的同情者。叶芝、庞德、温德姆·刘易斯、劳伦斯和艾略特等作家如果真是所谓“反动派”[②]的话，我们需要了解他们各不相同的思想之所以产生的缘由。他们不仅仅是批评一个政府或政党，而是对某一种文明是否有效、是否真正值得肯定提出疑问：“难道我们这个对自身的优越性和公正如此肯定、对自己的未加检验的种种前提一直感到自信的社会，是由比成堆的银行、保险公司和各种产业更为永恒的东西组成的吗？它有着比存款复利和不断分红的信念更为根本的信念吗？”[③]不愿意附和艾略特宗教观点的人也会承认，使他忧愤的现象至今依然存在。

一直到上世纪七八十年代之交，艾略特的一些观点还被我们批评为“反动”“保守”。这种声音其实也来自英美的自由主义阵营：他往往被视为法西斯主义的同路人。实际上艾略特表面上的“保守”和“反动”掩盖了他的激进。他批评惠特曼满足于现状，公开赞成进步，无视理想与现实之间那条曾令波德莱尔恐惧的鸿沟。[④]艾略特于一九三七年年底在《二十世纪诗歌》杂志上如此为画家、小说家温德姆·刘易斯辩解：

> 至于温德姆·刘易斯先生的政治，我看不出有什么理由说他比我更像“法西斯分子”或“纳粹”。人们发现你不站在

---

① 详见凯尼斯·艾什《托·斯·艾略特与意识形态》（剑桥，1998）。
② 参见约翰·哈里森《反动派》（伦敦，1966）。
③ 引自《基督教与文化》，第 49 页。
④ 参见艾略特《惠特曼与丁尼生》，载李野光选编《惠特曼研究》（漓江，1988），第 207 页至 209 页。

他们一方就恼火；即使你不属于对立的一方，他们也情愿你向它投降；假如你能看到你未加入的党派的优点和缺点，那就更糟。随便什么人，只要不对自由主义的成果抱着热情的态度，那么他就不受盎格鲁-撒克逊人中大多数人的欢迎。就我所知，刘易斯先生是在捍卫超然的观察者。超然的观察者其实绝对不是冷漠的观察者；他可能经受的痛苦要比各种相信立即行动的人要多得多。超然的观察者原则上就是哲学家、艺术家和基督徒。①

两年后，第二次世界大战爆发，艾略特致函《新英语周刊》，信上写道：

如果我们不能理解敌人，我们就不能有效地谴责他；除非我们理解自己，包括自己的弱处与罪过，不然我们就不能理解他。……

如果我们的思考只限于反对德国，那么我们不会走得比一九一八年更远。为了超越一九一八年，我们必须尽力对我们自己和德国持同样批评的态度。②

第一次世界大战后，艾略特对极度敲剥德国的《凡尔赛和约》非常厌恶，这就是为什么他说必须超越一九一八年的原因。然

① 艾略特评刘易斯《狮子与狐狸：莎剧中英雄的作用》的文章载《二十世纪诗歌》，1937年11月至12月，第6页至9页。转引自A. 戴维·穆迪《托马斯·斯特恩斯·艾略特：诗人》1979年第2版，剑桥大学出版社，1994年，第324页。

② 见《新英语周刊》，1939年9月14日，第291页。转引自《托马斯·斯特恩斯·艾略特：诗人》第325页至326页。穆迪在该书附录之三《基督教哲学家和两次大战之间的政治》对艾略特当时的政治观点作了很好的说明。

而令艾略特失望的是，那些自以为是的自由派人士一味大骂"法西斯主义"，像拉封丹寓言里的人物那样把自己社会中的丑陋和痼疾抛到背后，眼不见为净。同时，制造或指责外国的敌人也可以暂时迷惑选民，服务于国内选情的需要。这种事例，今天的中国读者没有少见。

近年来文化研究的兴起使艾略特的文化观重新受到重视。艾略特所说的文化是指共同生活在一个地域的特定民族的生活方式，包括文学艺术、社会制度、风俗习惯和宗教。从某种意义上说，艾略特是一位文化相对主义者。他视语言为文化的命脉，因为只有语言的差异才能决定思想感情的差异。同时，"这种语言必须是文学的语言，不然教育的普及就会使其消亡"。文学的语言一旦枯萎，那么它所从属的民族将丧失其特点。他希望确保全世界文化的多样性，因而不以"进步"和"落后"等概念来为不同的文化定性。艾略特的文化观与后殖民批评家的"杂交"和"越界"理论格格不入。他担心彻底的混杂将抹煞各种文化之间的差异性从而导致文化的死亡。一个国家既不能消极地接受外国文化，也不能强迫别国接受自己的文化。他认为欧洲文化健康发展有两个条件，一是各国必须有自身的独特性，二是不同文化都应乐于肯定相互间的联系，从而有可能互相交流与影响。①

但是，正由于看重文化的独特性，艾略特的文化观包含了一些令人不安的成分，例如所谓的"反犹"倾向。他在一九三三年的弗吉尼亚大学演讲中表示，他欣赏弗吉尼亚州比较单纯的人口构成，并说："更重要的是宗教背景的一致，种族和宗教

① 参见《基督教与文化》，第202页。

两方面一并考虑的话，为数可观的思想自由的犹太人并不受人欢迎。”[①]这里的“思想自由的犹太人”(free-thinking Jews) 重点是指那些流动性强、不受任何宗教束缚的犹太人。在艾略特的诗作里，犹太人往往作为没有根基的城市生活的象征。[②]著名学者克里斯托弗·里克斯曾在《艾略特与偏见》一书中专章分析了艾略特作品中涉嫌反犹的“肮脏的笔触”。里克斯认为艾略特对欧洲犹太人生活中的某些侧面抱有反感，其主要原因是文化上的，而非出于种族主义歧视，不然我们无法解释为什么他有好几位犹太裔朋友。另一方面，欧洲城市中犹太人居住区的犹太教拉比们也不会欢迎“思想自由的犹太人”。德国作家赫尔德说，真理即一个民族的精神扎根于故乡的土地。艾略特的文化观体现的正是这种真理，按照这一真理，犹太民族才始终不放弃回到以色列立国的理想。

在此有必要提及安东尼·朱利亚斯的著作《托·斯·艾略特，反犹主义及文学形式》(剑桥大学出版社，一九九五年，二〇〇三年出修订版)。作者由于担任戴安娜公主在离婚案中的法律代理人而知名，现在又以律师的职业技巧写就一份漫长的控诉书。《小老头》《带着旅游指南的伯班克与叼着雪茄的布莱斯坦》《挽歌》《夜莺声中的斯威尼》等诗是朱利亚斯细读的对象。这是迄今为止对艾略特的反犹倾向最为全面透彻的讨论，但是作者也有深文巧劾之嫌。该书面世后，有的评论者甚至要求出版社将来出艾略特诗集时首先应该把带有反犹痕迹的诗作

① 引自艾略特《追求异神》(伦敦，1934)，第20页。

② 受伤害的不仅是犹太人。艾略特在“未完成的诗”《斗士斯威尼》里用讽刺的笔触描写了“真正的不列颠人”山姆·澳许泼（生活在伦敦的加拿大人）。在他看来，只有英格兰人、苏格兰人和威尔士人，没有不伦不类的“不列颠人”。比较《汉书·地理志（下）》：“五方杂厝，风俗不纯。”

一一删除。诗人兼批评家汤姆·保林对该书未引起足够重视表示不满，谴责读书界对艾略特的宽容。(其实自从上世纪六十年代以来，约翰·R.哈里森、威廉·M.蔡斯和迈克尔·诺斯等学者都曾以不短的篇幅讨论艾略特的政治立场以及相关的反犹态度，只是他们未曾摆出愤怒声讨的架势罢了。）他强调，艾略特对犹太人的偏见与肯定英格兰特性（Englishness）的文化传统暗中勾连，两者的出发点都是民族认同高于一切。但是稍有历史常识的人都知道，犹太复国主义者也尽力维护自己民族文化的特性（Jewishness）。保林几年后可能有了新的见识。他曾写过一些诗作批评以色列的外交政策（尤其是对巴勒斯坦地区阿拉伯人的镇压），但是他也被贴上了“反犹”的标签，哈佛大学英文系迫于犹太社团的压力，竟然收回对他的邀请。[①]然而，《玄学诗种种》一书编辑、美国埃默里大学教授罗纳德·舒查德却在《现代派／现代性》杂志（第十卷，第一期，二〇〇三年一月出版）上提出有力的反驳。他通过一些至今未曾公开过的艾略特与犹太裔美国哲学家贺拉斯·凯伦的来往信件举证，艾略特在二战期间热心帮助一些德国和奥地利犹太人移民英国和美国。

不过把艾略特理解为一位狭隘、排外的民族主义者是不公平的。我们不能不提艾略特对整个欧洲文化的关心。与他同时代的英国本土作家没有像他那样强烈的欧洲意识，他对欧洲的兴趣甚至在某些英国人圈子里成为笑柄。艾略特多年来致力于欧洲文化的建设，他在一九二二年至一九三九年之间克服无数

① 保林盛赞朱利亚斯的文章载 1996 年 5 月 9 日《伦敦书评》。保林自己如何被打成“反犹分子”的经过见拙著《思想背后的利益》（广西师大，2006）中《“反犹”与言论自由》一文。

困难，主办《标准》杂志，力求把它办成一份具有欧洲特色的英语期刊。第二次世界大战的乌云彻底粉碎了他以这份杂志促进欧洲各国间文化交流的希望。然而二战的结束又给他带来希望。一九四六年年初，他对德语听众作了三次广播演讲，题目为“欧洲文化的统一”。[①]在第二讲中，他回顾了自己在主编《标准》时如何想方设法促进各国杂志的交流和文人之间的友谊。艾略特讲道，欧洲人的艺术、法律、私德与公德都是形成与发展于基督教之中。“一个欧洲人可以不相信基督教信念的真实性，然而他的言谈举止却都逃不出基督教文化的传统，并且必须依赖于那种文化才有其意义。只有基督教文化，才能造就伏尔泰和尼采。我不相信，在基督教信仰完全消失之后，欧洲文化还能残存下去。”[②]宗教现在还是联接欧洲各国的真正纽带吗？或许当今的一些欧洲作家会坚持欧洲的核心价值就是个人选择或以赛亚·伯林所阐述的“消极自由”[③]，艾略特一生都在抨击这类自由主义谬见。一九八九年十月，英、法、德、意等国几家大报联合推出书评杂志 *Liber*，创刊号上载有纪念艾略特的专文，[④]这一荣誉艾略特受之无愧。

现代派往往被理解为精英文化的倡导者，其实艾略特要维护的并不仅仅是古希腊罗马文学的精神。他非但不拒绝通俗文化，甚至还写过下流小调。他在悼念英国低级滑稽剧歌舞厅表演家玛丽·劳埃德的文章（一九二三）里指出，深深喜爱玛丽·劳埃德的下层社会百姓是全英国最有生趣的，玛丽·劳埃

① 英文稿作为附录收入《关于文化的札记》，德文版 1946 年在柏林出版。
② 引自《基督教与文化》，第 205 页至 206 页。
③ 伯林是一位坚定的犹太复国主义者，他当然明白以个人为中心的“消极自由”与以色列的立国理念不合。
④ 指彼得·戈德曼的《托·斯·艾略特和恩·罗·柯蒂乌斯：欧洲的对话》。

德淋漓尽致地表现了他们的生活和价值观，使之具有尊严并升华为艺术。他羡慕地写道："到音乐歌舞厅去看玛丽·劳埃德并一同引吭高歌的工人就是演出的一个组成部分，他参与了观众与艺术家的合作。这种合作在所有艺术中都必不可少，戏剧艺术尤其如此。"[①]当时艾略特就隐隐感到诗歌创作对社会的影响毕竟有限，资本主义的大规模生产和电机工程的各种发明已经改变了劳动人民的消遣方式，使他们沦落为与中产阶级一样的被动接受者、消费者，要扭转这一趋势仅靠那些发行量很小、颇具先锋色彩的杂志是远远不够的。诗歌只有进入大众社会和寻常百姓家才能证明它不是可有可无的装饰品，而要推广诗歌、振兴文化、促进观众与作者之间的合作，最重要的莫过复兴诗剧。[②]

艾略特的早期诗歌显示出非凡的戏剧才能。根据他的非个性原则，真正伟大的诗才都是戏剧性的。一九三四年，艾略特为独幕古装表演剧《磐石》撰写的合唱诗和台词取得很大成功，这大大促发了他复兴诗剧的意愿。他先后创作了《大教堂凶杀案》（一九三五）、《家庭聚会》（一九三九）、《鸡尾酒会》（一九五〇）、《机要秘书》（一九五四）和《老政治家》（一九五九）等诗剧。艾略特将古希腊戏剧中的某些原型与当代英国的社会问题有机结合，曲折地反映了他的宗教关怀。这些诗剧用词通俗，读来朗朗上口，易为广大观众所接受。但由于题材内容方面的局限（剧中人物基本上都属于较高的社会阶层）和艺术鉴赏趣味的转变，它们多少与期望的效果尚有一段距离。另

① 引自《论文选》，第 458 页。
② 关于艾略特复兴诗剧的原因详见《论诗歌和诗人》（伦敦，1957）中《诗歌和戏剧》（1951）一文。

一方面，无意问津诗剧创作的年轻剧作家约翰·奥斯本、哈罗德·品特和汤姆·斯托帕德等人的崛起对诗剧复兴反而起到负面的作用。

《大教堂凶杀案》一般被认为是艾略特诗剧中的代表作。该剧根据圣托马斯·贝克特于一一七〇年遇害的史实刻画了神权与世俗权力的冲突。坎特伯雷大主教贝克特因不满国王干涉教务流亡欧洲大陆，七年后回国，仍未能与国王和解，最终被国王手下喝得半醉的骑士所杀。

诗剧中四位诱劝者与贝克特的交锋最为精彩。四人分别从人间的欢乐、权力、地位和殉教的荣耀四方面婉言相劝，如果艾略特把他们的立场简单化或庸俗化，贝克特的信仰反而显示不出强大的力量。四位说客措辞谨慎温和，听来各有道理。第一位欲以人间欢愉的和煦阳光融化贝克特献身宗教的决心：

> 春天在冬季里悄悄来到。树枝上的积雪
> 将和落花一起在水面上飘香。沟沿的残冰
> 映照出了阳光。果园里的情爱
> 也让液汁升上树端。

他提醒贝克特，“脾气和顺的人才能吃到最好的晚餐”。他看对方不为所动，扔下一句意味深长的警告，“那我只得让您听天由命了，／让您去追逐更高层次罪恶的欢乐”。第二位诱劝者说，贝克特在做大主教之前曾任国王的大法官，这是不能忘记的；爱上帝不是唯一的道路，在一国之内加强法制、主持公道也能在来世进入天堂，即便有一点权欲，那也是有益于公众。

他甚至看出贝克特处罚与他作对的主教是出于“饿火般的仇恨”。贝克特显然觉得自己的地位远在国王、枢密官之上，喝令他走开：

难道我，掌管着
天堂和地狱钥匙的人，在英格兰是至尊，
收紧与放松都由我做主，权是教皇亲授，
竟会向一个更低下的权力低头？

傲慢的语气为后面进一步的引诱作了铺垫。第三位上台者自称是“直进直出的英国佬”，代表了领主们的利益。当时体现于国王法庭的中央权力对主教法庭和领主法庭拥有最终裁决权，领主们的特权受到限制，就想与贝克特和教会结盟，得到教皇的祝福，向王权“挥出有力的一击”，共享“自由”。贝克特最后一位劝诱者又是另一番面目，他对贝克特大加恭维，煽扬他的野心，唆使、激励他继续在对抗的路上猛进，以求一死；一旦殉教者的身份确立，就能在天上统驭人间。这位诱劝者其实是托马斯的另一个自我，道出了他自己也未必清楚意识到的部分自私隐蔽的想法。大主教意识到这殉教的劝说背后是自私的动机，终于发现“狂热者的傲慢激情”也是一种欺骗性很强的诱惑，一心要做圣徒或受迫害者就同一心盼望在社会上腾达一样可鄙，那是“最可恶的背叛”。他认清了自己真正的敌人，申明“最后的诱惑将是那最大的背叛，即为了错误的理由去做正确的事情”。

在此“正确的事情”指殉教。贝克特回答说，“殉教者不为己谋，甚至不谋求殉教的荣光”，[①]他无非是上帝的工具，“他的意志消失在上帝的意志之中”。萧伯纳、阿努伊等二十世纪的剧作家都曾审视过殉道（教）者的心理动机，他们所揭示的正是艾略特所否定的“狂热者的傲慢激情”。

艾略特一九四八年获诺贝尔文学奖后成为全球知名的人物。他于一九五六年再婚后享受了一段琴瑟和鸣的幸福生活。一九六五年一月，这位自称“古典主义者”的现代派代表因患肺气肿溘然逝世，按照他的遗愿，他的骨灰安葬在英格兰萨默塞特郡的东科克圣米迦勒教堂，墓碑上镌刻了《东科克》首尾两句诗：“在我的开始中是我的结束”；“在我的结束中是我的开始”。美国诗人威廉姆斯曾指责艾略特背弃自己祖国的本土特色，他没有意识到，艾略特回到英国寻根问祖，也体现了另一种忠诚。[②]早在一六七〇年左右，艾略特的先祖安德鲁·艾略特离开故乡东科克，漂洋过海，到北美洲谋生。艾略特选择在他祖先的故土长眠自然有他的用意。一九六七年，伦敦西敏寺的“诗人之角”迎来一块纪念艾略特的石碑。

从上世纪五十年代开始，艾略特的地位受到严重挑战。在英国，菲利普·拉金等年轻一代诗人把现代派诗歌当作不愉快的插曲，试图在诗界重新确立托马斯·哈代的传统；[③]在美国，那些迷恋爱默生的“内在的声音”的诗人与批评家觉得艾略特背离了美国精神。但是艾略特对当代英语诗歌写作的影响已经

---

① 比较多恩《布道文集》(1640) 第 72 篇：“我服侍上帝的第一个目的决不应当是为我自己，而是为了上帝和上帝的荣光。”

② 威廉姆斯是就《荒原》的创作风格而言。参见威廉姆斯《自传》(1951)，新方向简装版（纽约，1967），第 174 页至 175 页。艾略特的哈佛导师、哲学家罗伊斯（Josiah Royce，1855—1916）将忠诚（loyalty）理解为美德的根基。详见罗伊斯《忠诚的哲学》（纽约，1908）。

③ 详见英国诗人批评家唐纳德·戴维所著《托马斯·哈代和英国诗歌》(1973)。

不可磨灭。一九九三年，艾略特遗产管委会与艾略特亲自创办的诗歌书会（Poetry Book Society）合作，设立“托·斯·艾略特诗歌奖”，每年选出一本在英国和爱尔兰初次出版的诗集，不设年限。获奖者名单（包括泰德·休斯和西默斯·希尼等诗人）表明这个奖项实际上已经成为英国乃至英语世界最有权威的诗歌奖，称之为诗界的布克奖恐怕并不为过。

出人意料的是八十年代初，安德鲁·劳埃德·韦伯的音乐剧《猫》风靡欧美，该剧是根据艾略特的诗集《老负鼠的群猫英雄谱》[①]（一九三九）改编的。这本为儿童创作的薄薄的诗集堪与刘易斯·卡罗尔的《爱丽丝漫游奇境记》和爱德华·李尔的《胡诌诗集》等儿童文学经典杰作相媲美。艾略特笔下的群猫性格、面貌各有特点，都有点通人性。对猫界诸位英雄，诗人微讽轻嘲，他的幽默背后却透出一股暖洋洋的爱猫人的宽容和开心。走南闯北的流浪猫“咕噜虎”，盗窃能手“绒布夜壶”和“屁股挠手”，夜晚全体出动的“杰里可一家”，连续活了好几辈子的老猫“老二德子”，公然违背治安条例然而又永远不在现场的神秘猫“马凯维提”，在戏台上风光过一阵的剧院猫“尕斯”，铁路列车上的好主管“斯金卜儿”，能够把老鼠、蟑螂等乌合之众训练成童子军的冈比猫“詹妮乱点”，这一个个“人物”构成一组活灵活现的肖像。艾略特写猫出神入化，相比之下，一些处理过同样题材的作家显然逊色不少。爱伦·坡的短篇小说《黑猫》纯粹写人的变态，场景过于恐怖；夏目漱石的长篇《我是猫》是愤世之作，多癫狂语，那只无名无姓、自称“咱家”的猫实在不大像猫；多丽丝·莱辛在《特别的猫》里

① 庞德戏称艾略特为“老负鼠”。

写的都是她自己收养过的猫伴的生老病死，饮食男女，作者全然摹实，读来居然不像“老负鼠”虚构的群猫那样鲜活。

艾略特还有几首小诗是专为小狗小猫创作的。他写的最有名的猫并未出现在《老负鼠的群猫英雄谱》中，原来那只猫是城市景观与自然现象的巧妙融合，即《J. 阿尔弗雷德 · 普罗弗洛克的情歌》里圣路易斯的黄昏烟雾：

> 黄色的雾在窗玻璃上蹭着它的背，
> 黄色的烟在窗玻璃上擦着鼻子和嘴，
> 把舌头舔进黄昏的各个角落，
> 在阴沟里的水塘上面流连，
> 让烟囱里飘落的烟炱跌个仰面朝天，
> 悄悄溜过平台,猛地一跳，
> 眼见这是个温柔的十月之夜，
> 围着房子绕了一圈,便沉入了睡乡。

艾略特将黄昏的烟雾在街头的弥漫与猫的一系列动作结合得天衣无缝，并由此写活了一种漫无目的的慵倦的生活，这不能不归功于他日常生活中过人的观察力。《情歌》发表时因循守旧的评论家还怀疑它是不是“诗”，今天的诗歌爱好者则丝毫不觉得这些诗行稀奇古怪，这就是艾略特改变了一代人表现方式的功绩所在。

除了诗人、批评家和剧作家的身份，艾略特还是一位多产的书信作家。艾略特逝世后，学界对他的书信集期望殷切。但是第一卷一直到一九八八年才与公众见面，评论界反应平平。总的来看他或许历练有余，热情不足，用批评家唐纳德 · 戴维在《英诗用语的纯洁性》（一九五二）一书中的话来说，这些信件缺少可贵的“普通经验中的臭味和硬渣”。但是艾略特本人对书信写作的意义是有所认识的。一九三二年秋至一九三三年春，已加入英国国籍的诗人艾略特回到阔别多年的母校哈佛作诺顿系列演讲。期间他曾抽空去耶鲁大学作过一次题为“作为书信作家的英国诗人”的报告。讲稿已经散失，但根据艾略特之兄亨利的记录，里面有这样一段：

> 写信的欲望是根深蒂固的。由于这种欲望，我们写下那些不想让他人知道、只限于收信人阅读的文字，但同时又希望，这些信件不要被销毁，也许它们可以留存下来让完全陌生的人阅读。我们通过写信向一些朋友表白自己，我们又并不是时时觉得，除了这些朋友，谁都不能阅读我们所写下的内容。①

他好像已经想到，自己的各类书简也将“让完全陌生的人阅读”。

一九五七年，艾米莉·黑尔得知艾略特再婚的消息后悲哀不胜，决定把艾略特写给她的一千余封信件交由普林斯顿大学图书馆保管，这些函束将一直封存到当事人逝世五十周年后方可与世人见面。终身未嫁的艾米莉于一九六九年逝世，也就是说，公众可以在二〇一九年到普林斯顿大学查阅艾略特的封存书信。人们不免会想到，在普林斯顿大学封存的书柬里会不会

① 这段文字是瓦莱丽·艾略特编辑的《艾略特书信集（第一卷）：1898—1922》（纽约，1988）卷首引语。

有另一个艾略特，一个脱下套装说话、听任自然性情在笔端洋溢腾出的艾略特？这些信件还成了一部小说《档案保管员》的题材。某校图书馆档案保管员是中年鳏夫，过早地失去了对男女之爱的兴趣。一位研究艾略特的女性学者一心想开启这些情书，她比詹姆斯小说《阿斯彭文稿》中那位执意要读阿斯彭致“朱利安娜”信件的美国编辑厉害得多，不断纠缠档案保管员，终于成功。在两人偷阅的书简中，写信人含蓄老成的智慧和炽烈的性爱交相辉映，千态万状。想不到这些信件点燃了保管员身上的生命之火，爱情还触发了他的诗歌创作灵感。也许，书信作家艾略特还有一些我们未知的品质。

早在二十世纪二三十年代，艾略特就成为批评界瞩目的焦点人物。他在一九二六年作克拉克演讲时还不到四十岁，诗歌作品为数有限（《诗作，1909—1925》刚出），诗剧创作还未开始，批评著作除了《圣林》之外就是散见于报刊的一些文字，《标准》杂志倒是已经编了三年多。但他已经让剑桥学者感觉到，他虽然写得不多，却实实在在地具有划时代的意义。埃德蒙·威尔逊的《阿克瑟尔的城堡》（一九三一）、弗·雷·利维斯的《英语诗歌的新动向》（一九三二）和弗·奥·马西森的《托·斯·艾略特的成就》（一九三五）从不同的方面分析了他早期的诗作并论证其独特地位。一九五三年，乔治·威廉姆森的《托·斯·艾略特读者指南：诗作细析》出版，说明当时大学英文系已经把艾略特作为重点研读对象了。此时也有人开始在戳破所谓的“艾略特神话”，但是零零落落的“拆台”之举丝毫不能阻止各种各样研究艾略特的论著源源不断地涌现。

在我国，艾略特早就是大学英文系里的知名作者。瑞恰慈一九二九年至一九三一年在清华外文系任教，他讲的课有“第一年英文”、“西洋小说”、“文学批评”和“现代西洋文学：一、诗，二、戏剧，三、小说”等。[①]瑞恰慈在课堂内外讲到过艾略特的诗作和批评文章，应该是没有疑义的。他的《托·斯·艾略特的诗歌》一文（《文学批评原理》一九二六年第二版的附录）试图把心理平衡理论用于《荒原》分析，是艾略特诗歌早期评论中的名作，清华外文系师生恐怕是通过这篇文章来了解艾略特其人其诗的。当时叶公超也在北京教书，他发表于一九三二年十月《新月》的短评《〈施望尼评论〉四十周年》一文提及“诗人与批评家艾略特”，他还根据自己的阅读经验，写了《艾略特的诗》和《再论艾略特的诗》两篇至今仍然让人感到新鲜的文章。[②]叶公超在一九七九年回忆说：“我在英国时，常和他见面，跟他很熟。大概第一个介绍艾氏的诗和诗论给中国的，就是我。”[③]第二句话应该属实——如果不算瑞恰慈。第一句话说得稍过，而且比较含混，不知是否故意为之？叶公超在一九二五年至一九二六年的学年期间居留剑桥，作为英语诗歌实践者，他可能闻知艾略特的大名，甚至还亲聆克拉克演讲，但是交往大概谈不上。十几年以后，也就是在二战期间，叶公超任国民党“中央宣传部国际宣传处驻伦敦办事处”处长，此时他与艾略特有所接触倒是可能的。卞之琳在一九八九年追念叶公超时提到一个细节：“后来他［叶公超］嘱我为《学文》创刊号专译 T. S. Eliot 著名论文《传统与个人才能》，

① 参见齐家莹文章《瑞恰慈在清华》，载于徐葆耕编《瑞恰慈：科学与诗》（北京，清华大学出版社，2003），第 125 页。

② 前者发表于 1934 年 4 月《清华学报》（第 9 卷第 2 期），后者为赵萝蕤译、上海新诗社 1937 年初版《荒原》的序言。两篇文章均收入陈子善编《叶公超批评文集》（珠海，1998），第 111 页至 126 页。

③ 引自《叶公超批评文集》，第 266 页。

亲自为我校订，为我译出文前一句拉丁文 motto。”[①]《新月》杂志及新月书店停办后，《学文》于一九三四年五月创刊，同年八月出至第四期停刊，发行人为余上沅，主编为叶公超。或许我们可以说，在艾略特的批评文库里，最早介绍到中国来的就是这篇卞之琳翻译并经叶公超润色的《传统与个人才能》。稍后，艾略特的其他一些批评文章也由曹葆华、赵增厚和周煦良等人翻译成中文[②]。赵萝蕤在清华读研究生时对艾略特的诗歌发生兴趣，一九三五年至一九三六年间应戴望舒之约将《荒原》译出，并请叶公超作序。这篇序言就是前面提到的《再论艾略特的诗》一文。上海译文出版社的汤永宽多年翻译艾略特，很有心得。本文集选用的《荒原》译文出自他的手笔。

钱锺书与瑞恰慈同一年来到清华外文系，不过是作为一年级学生。他留学牛津前就知道艾略特，想必也是瑞恰慈的引导之功。钱先生在评论郭绍虞的《中国文学批评史》（上册）时指出，“复古”未必就是“逆流”或“退化”，现代英国文学中的古典主义也是一种革命；我们不能凭一己的好恶来确定“顺流”“逆流”的标准。“有‘历史观念’的人‘当然能知文学的进化’；但是，因为他有‘历史观念’，他也爱恋着过去，他能了解过去的现在性（the presentness of the past），他知道过去并不跟随撕完的日历簿而一同消逝。”书评中说到的现代英国古

① 卞之琳《赤子之心与自我戏剧化：追念叶公超》，载于中国社会科学院学者文选《卞之琳集》（北京，中国社会科学出版社，2009），第 339 页。卞先生承认，这些翻译影响了他自己三四十年代的诗风。卞先生当时诗风的特点大概就是“非个人性”。关于“拉丁文 motto”，卞先生的回忆可能有误。《传统与个人才能》第三部分（即结语）的篇首有出自亚里士多德《灵魂篇》的希腊文箴言：“灵魂乃天赐，圣洁不动情。”

② 参见吴虹飞《瑞恰慈与中国二十世纪三四十年代的文学批评》，载于徐葆耕编《瑞恰慈：科学与诗》，第 126 页至 133 页。

典主义应指艾略特的一些主张，而短语“过去的现在性”很可能来自《传统与个人才能》一文。[1]

七八十年代之交，随着西方现代派作品在我国读书界的流行，艾略特成为广泛研究的对象。一九八五年，漓江出版社的诺贝尔奖作家丛书收了由裘小龙等翻译的艾略特卷《四首四重奏》。裘小龙曾从学于卞之琳，他为艾略特卷撰写的前言《开一代诗风》不仅是当时中国读者所能看到的最佳入门指南，而且还是一篇学问与文采兼胜的论文。

最后再交代一下这套文集的内容以及艾略特著作的出版情况。

本文集所收的诗歌和诗剧是根据《托·斯·艾略特：诗歌与剧本全集》（一九六九年版）翻译的，五个剧本的排版不尽一致。《老政治家》用散文体译出，译者可能有效法田德望译但丁《神曲》之意。该剧的阅读效果或许与其他几部诗剧不大一样，读者可以根据自己的口味来判断得失。文集的论文部分根据《论文选》与《批评批评家》两部著作译成，它们可以说大致反映了艾略特的批评成就。现在英美大学里的文学教授已经写不出这样砥砺心智的文章了，这是学科向职业化高度“发展”的悲哀。

进入二十一世纪，艾略特研究较有起色。二〇〇九年岁末，《艾略特书信集》第一卷的增补版和第二卷同时问世。与此同时，艾略特遗产管委会、费伯出版社和伦敦大学的英语研究

---

① 钱锺书这篇文章（《论复古》）最初载于 1934 年 10 月 17 日的《大公报·文艺副刊》，后收入《钱锺书散文》（杭州，1997），第 505 页。艾略特的原文是“the historical sense involves a perception, not only of the pastness of the past, but of its presence”。钱锺书在《学文》第 3 期（1934 年 7 月）上发表过文章《论不隔》，该刊创刊号有《传统与个人才能》一文的中译，钱先生或曾寓目。

所宣布，艾略特研究项目正式启动，英国艺术与人文研究委员会和艾略特遗产管委会将在三年里出资九十八万五千英镑，资助艾略特诗歌、散文、诗剧和书信的编辑和出版。项目由谢菲尔德大学英文系的约翰·海芬登教授（燕卜荪传记作者）董其事。二〇一二年，还有四部书稿将告竣：里克斯和吉姆·麦丘编辑的《诗歌全集》（两卷）和《散文全集》（拟出七卷，由罗纳德·舒查德教授主持）中的两卷。另外海芬登教授还将负责编辑《诗剧全集》和书信第三卷（一九二六年至一九二八年）。相信随着越来越多研究项目的推进，读者会有更多的机会去领略这位现代派先驱的复杂性和批判意识、领略他文字中所包含的强烈的责任感、非凡的自制力以及精微的感受力。

普罗弗洛克
和其他观察到的事物

1917

献给让·韦尔德纳尔(1889—1915)
死于达达尼尔海峡

如今你能够
理解到,我心中对你怀着的爱是
多么挚热,我甚至忘了我们是幽灵,
把阴魂当作实体的东西看待了。

J. 阿尔弗雷德 · 普罗弗洛克的情歌

如果我认为我是在回答
一个可能回到世间去的人的问题，
那么这火焰就将停止闪烁，
人说从未有谁能活着离开这里，
如果我听到的这话不假，
那我就不怕遗臭万年来回答你。[①]

那么就让咱们去吧，我和你，
趁黄昏正铺展在天际
像一个上了麻醉的病人躺在手术台上；
让咱们去吧，穿过几条行人稀少的大街小巷，
到那临时过夜的廉价小客店
到满地是锯屑和牡蛎壳的饭店
那夜夜纷扰
人声嘈杂的去处：
街巷接着街巷像一场用心诡诈冗长乏味的辩论
要把你引向一个令人困惑的问题……
“那是什么？”哦，你别问，
让咱们去作一次访问。

房间里女人们来往穿梭
谈论着米开朗琪罗。

黄色的雾在窗玻璃上蹭着它的背，
黄色的烟在窗玻璃上擦着鼻子和嘴，
把舌头舔进黄昏的各个角落，
在阴沟里的水塘上面流连，
让烟囱里飘落的烟炱跌个仰面朝天，
悄悄溜过平台，猛地一跳，
眼见这是个温柔的十月之夜，
围着房子绕了一圈，便沉入了睡乡。

准会有足够的时间
让黄色的烟雾溜过大街
在窗玻璃上蹭它的背脊；
准会有时间，准会有时间
准备好一副面孔去会见你要会见的那些面孔；
会有时间去谋杀和创造，
也会有时间让那些在你的盘子里
拿起或放上一个疑问的庄稼汉干活和过节；②
有你的时间，也有我的时间，
还有让你犹豫不决一百次的时间，

① 题铭引自但丁的《神曲 · 地狱篇》第 27 歌。当时但丁在地狱中遇见归多，于是向他询问他是谁。归多因在世间饶舌而犯罪，故必须借火舌方能说话。上述引文即系归多对诗人的回答。

② 古希腊诗人赫西奥德（Hesiod，活跃时期约为前 650—前 750 年）写有一首关于农事的训悔诗，题名《干活和节日》（*Works and Days*，又译《工作与时日》）。

一百次想入非非又作出修正的时间，
在你吃一片烤面包和喝茶之前。

房间里女人们来往穿梭
谈论着米开朗琪罗

准会有时间
让你怀疑，“我敢吗？”“我敢吗？”
会有时间掉转身子走下楼去，
带着我头发中央那块秃斑——
（他们准会说：“瞧他的头发变得多稀！”）
我的大礼服，我的硬领紧紧地顶着我的下巴，
我的领带又贵重又朴素，但只凭一根简朴的别针表明
　　它的存在——
（他们准会说：“可是他的胳膊和大腿多细！”）
我敢惊扰
这个世界吗？
一分钟里有足够的时间
作出一分钟就会变更的决定和修正。

因为我对它们这一切早已熟悉，熟悉它们这一切——
熟悉这些黄昏，晨朝和午后，
我用咖啡勺把我的生命作了分配；
我知道从远远的那个房间传来的音乐下面

人语声随着那渐渐消沉的节奏[1]正渐趋消寂。
　　所以我还该怎样猜测？

我早已领教过那些眼睛，领教过所有那些眼睛——
那些说一句客套话盯着你看的眼睛，
等我被客套制住了，趴倒在一根别针尖上，
等我被别针钉住了，在墙上挣扎扭动，
那我该怎样开始
把我的日子和习惯的残余一古脑儿吐个干净？
　　我还该怎样猜测？

我早已熟悉那些臂膀，熟悉它们一切——
那戴着手镯的臂膀，赤裸而白皙
(可是在灯光下，长满了一层浅棕色的软毛！)
是衣衫上飘来的芳香
弄得我这样离题万里？
那些搁在桌边，或者裹着围巾的臂膀。
　　我还该怎样猜测？
　　我又该怎样开始？

……

要我说，在黄昏时分我已走遍了小街狭巷
也观看了那些穿着衬衫在窗口探出身子的孤独的男人

① a dying fall，参见莎士比亚《第十二夜》第 1 幕第 1 场第 4 行。

从他们的烟斗里冒出的烟？……

我真该变成一副粗粝的爪子
急匆匆穿过静寂的海底。

……

而且这午后，这黄昏，睡得多安静！
让修长的手指抚慰着，
睡熟了……倦极了……或者是在装病，
张开身子躺在地板上，在这儿，在你和我身边。
喝过茶，吃过糕点和冰淇淋，难道我就会
有气力把这瞬间推向一个转折点？
尽管我哭过了也斋戒过了，哭过了也祈祷过了，
尽管我已经看见我的头颅（稍微有点秃了）给放
　　在盘子里端了进来，[①]
我可不是先知——这一点在这儿无关紧要；
我已经看到我的伟大的时刻在忽隐忽现地闪烁，
我也看到了那永恒的男仆拿着我的上衣在暗暗窃笑，
总之一句话，我害怕。

那么到底值不值得，

---

① 《圣经 · 新约 · 马可福音》第 6 章第 17—29 节、《圣经 · 新约 · 马太福音》第 14 章第 3—11 节以及王尔德的剧本《莎乐美》中均述及：古犹太之王希律王以凶残著称，强占其弟施洗者约翰之妻为妻。后因酬答莎乐美的献舞，应莎乐美的要求将约翰斩首，由莎乐美盛在盘中捧入宫来。

喝过了酒，吃过了果酱和茶以后，
在杯盘之间，在人们对你和我的闲聊之间，
值不值得带着微笑
把这件事就此一口啃掉，
把这世界捏成一个球
然后把它滚向一个使人窘困的问题，
说："我是拉撒路①，从死去的人们那儿来，
我回来告诉你们一切，我要告诉你们一切。"——
要是有个人，她一面把枕头往头边一塞，
却说："那压根儿不是我的意思。
不是那个意思，压根儿不是。"

到底值不值得这样，
值不值得为此破费功夫，
经过多少次日落，多少个庭园和多少微雨迷蒙的大街
　　小巷，
经过多少部小说，多少只茶杯和多少条裙裾曳过地板
　　以后——
还要来这一套，还有那么多吗？——
要说出我真想说的意思根本不可能！
可是仿佛有一盏幻灯把神经变成图案投射在屏幕上：
这值不值得破费功夫
如果有个人，放上一只枕头或者甩下一条头巾，

---

① Lazarus，基督使其在死去后第四天又复活。见《圣经·新约·约翰福音》第 11 章第 1—44 节。

一面向窗子转过身去，却说：

　　“那压根儿不是，

　　那压根儿不是我的意思。”

……

不！我不是哈姆雷特王子，也不想成为王子；
我是侍从大臣，一个适合给帝王公侯出游
炫耀威风的人，发一两次脾气，
向王子提点忠告；毫无疑问，是个随和的爪牙，
恭顺谦虚，以对别人有用而感到高兴，
精明，细心而又慎微谨小；
满脑子高超的判断，只是稍微有些迟钝；
有时，的确，近乎荒唐可笑[①]——
有时，差不多是个丑角。

我老啦……我老啦……
我要穿裤脚卷上翻边的裤子。[②]

要不要把我的头发在后脑分开？[③]我敢吃下一只桃子
　吗？
我要穿上白法兰绒的长裤，在海滨散步。
我听到美人鱼在歌唱，一个对着一个唱。

---

① 诗中主人公普罗弗洛克心目中似指《哈姆雷特》中的国王的咨议大臣波洛纽斯。
② 裤脚有翻边的长裤是当时流行款式，普罗弗洛克显然很趋时。
③ 头发在脑后分开，在当时亦是新颖的样式，同上句穿裤脚翻边的长裤，意义相同。

我可不想她们会对我歌唱。

我看见她们乘着波浪向大海驰去
一面梳理着风中向后纷披的波浪的白发
当大风乍起把海水吹成黑白相间的时候。

我们因海底的姑娘而逗留在大海的闺房
她们戴着红的和棕色的海草编成的花环
直到人类的声音把我们唤醒，我们便溺水而亡。

汤永宽　译

一位夫人的画像[1]

你犯下了——
私通罪：但那是在另外一个国家里，
而且，那个姑娘已死了。
——《马耳他岛的犹太人》[2]

一

十二月的一个下午，烟雾正浓，
你让这场景自己来安排——仿佛足以达意——
一句话：“这个下午，我留下给你”，
四支蜡烛燃在昏暗的房中，
四个光圈投在天花板上，
一种朱丽叶坟墓的阴森气氛，
准备着让所有的事都说，或者都不说。
我们，让我们说，听过最近来的波兰钢琴家
演奏序曲，运着指尖，甩着头发，
“如此亲切，这个肖邦，他的灵魂
只应在几个朋友中间再生，
大约两个或三个，他们不会将这朵花触动，
这朵花在音乐厅中遭人挤擦、质问。”

就这样，我们的闲聊渐渐离题
在微小的愿望和细细捕捉的遗憾里；
伴着小提琴降低的调子
和遥远的短号混在一起，
于是开始。
“你不知道他们对我的意义多大，我的朋友们，
啊，多么、多么稀罕，多么稀奇，
在由这么多、这么多的零碎组成的生活中找到他们，
（因为我实在不爱它……你不知情？你真是没看见！
哦，你的眼光多么敏锐！）
要是能找到一个赋有这些美德的朋友，
他拥有，并给予这些美德，
而友谊就在这个基础上生存，
没有这些友谊——生活，什么样的噩梦！”

---

① 这首描写“反英雄”式恋爱的“戏剧性”诗，分三段也就是三幕。第一幕：十二月一个烟雾弥漫的下午，音乐会后无聊的对白与谈情，这些话又与音乐术语的暗示混合在一起。“夫人”试图建立起一种亲切的“朱丽叶坟墓”的气氛，“我”的内心却是混乱和犹豫，“大脑里……敲打出一支序曲”，下面的乐章又将是什么呢？但是艾略特使用了一个破折号表示转折：“让我们到外面走走……”这实际上是“我”突破“夫人”的包围的一种挣扎。第二幕：四月的落日，春天，诗在音乐意象上加了花卉的意象——“夫人”称为友谊的发展，她的感情和“我”的紧张都在增强，她那“埋葬了的生活”咄咄逼人，“我”“懦夫般地报答”是故意含糊其辞。报上那些耸人听闻的消息并未使“我”不安；不安的是音乐和花香又来了。这里“夫人”的吸引力和可厌性是掺杂的，“我”自己也不知道对还是不对。第三幕：十月，“我”决定要离开“夫人”，但决定被怀疑的阴影笼罩着；“登上楼梯”象征着一种紧张的努力。“夫人”说了一番充满弦外之音的话语，接着又出现了第一幕中的蜡烛意象——“我的自制力熄灭”；“我”的笑是硬逼出来的，“我”只能借用动物的形状来语无伦次地表达自己。“我”走了，但幻想到自己走后“夫人”可能的死亡，就感到走并未解决问题，仅仅是不负责任的逃之夭夭。

② *The Jew of Malta*，英国剧作家克里斯托弗 · 马洛（Christopher Marlowe，1564—1593）的作品。

在小提琴的萦绕之中，
还有破铜号的
咏叹调之中
我的大脑里开始了一种沉闷的节奏。
荒唐地敲打出一支它自己的序曲，
任性的、单调的歌曲，
至多有一个确凿无疑的“错音”。
——让我们到外面走走，吸一阵烟，
赞美赞美那座纪念碑，
讨论讨论最近的事件，
按着公共大钟将我们表的发条扭一扭。
然后等半个小时，喝我们的啤酒。

二

现在紫丁香花事正浓，
她有一盆紫丁香在她房中，
手指捻着一朵，她絮絮着说，
“啊，我的朋友，你不知道，你不知道，
生活是什么——而你是个将生活握在手中的人；”
(慢条斯理地将一根紫丁香茎捻动)
“你让生活从你的身边溜掉，任生活流逝，
青春是残酷的，不容悔怨，
青春对其无法辨认的处境微笑。”
我微微一笑，当然，
继续用着茶点。

"只是四月的落日，不知怎的使我想起了
我已埋葬了的生活，春天的巴黎，
我感到无比的宁静——看到这个世界
奇妙万分，青春洋溢，说到底。"

声音回旋，像八月下午的一把破提琴
走了调，吱吱不停的旋律；
"我始终深深相信：你懂
我的感情，始终深信你也感觉到，
深信你会越过鸿沟，伸出你的手。

你无懈可击，你没有阿喀琉斯的脚踵[①]。
你将继续向前，当你最后取得成功，
你能说：这一点上许多人都以失败告终。
但是我有什么，我的朋友，我有什么，
能给你，你能从我这里得到什么？
只是友谊以及同情，来自一个快走到
她旅程尽头的人。

我将坐在这里，招待朋友们饮茶……"

我取下帽子，我怎能懦夫般地报答

① Achilles' heel，希腊神话中，阿喀琉斯出生后被母亲倒提在冥河水中浸过，除未浸到水的脚踵外，浑身刀枪不入，之后"阿喀琉斯之踵"成为固定说法，意为"致命的弱点"。

她对我说的这一切话？
哪一天早晨你都可以看到我在公园里
读着报纸的趣事栏和体育栏。
尤其我特别注意
一位英国公爵夫人走上舞台。
一个希腊人在一场波兰舞中被杀，
另一个贪污银行的家伙作了交待。
我脸色不变，
我镇定自若，
啊，可是当一架街头钢琴机械地、疲惫地
重新奏出一支老掉了牙的普通曲子，
还有风信子的花香飘过花园，
使人回忆起其他人也曾向往的事。
这些念头是错还是对？

三

十月夜色降临：像以往一样回返，
只是带着一种轻微的不安感，
我登上楼梯，拧动门把手，
觉得自己仿佛是爬上了楼。
“那么你要出门了，什么时候回来？
可那是个没用的问题。
你很难预料什么时候你能回来，
你会发现有这么多需要学习。”
我的微笑沉重地落在那些小摆设里。

“也许你能给我写信。”
我的自制力片刻间闪亮；
这和我猜测的一样。
“近来我一直在纳闷地想
(但我们的开始从不知道我们的终结！)
为什么我们没有发展成为朋友？”
我感到像一个微笑着的人，转身
却猛然看到自己在镜子中的表情。
我的自制力熄灭，我们真是在黑暗中。

“因为每个人都这样说，我们所有的友人，
他们全都深信，我们的感情会紧紧
相连！我几乎自己也不懂。
现在我们只得听天由命。
不管怎样，你要给我写信。
或许时间还不算太晚。
我将坐在这里，招待朋友饮茶。”

而我得借用每一种变化着的形状
来找到表达方式……跳舞，跳舞，
像一只跳着舞的熊，
似猿那样叽里呱啦，似鹦鹉那般喋喋学舌。
让我们到外面走走，吸一阵烟——

噢！万一某个上午她死了怎么办？
下午昏暗，烟雾弥漫，傍晚暗黄，玫瑰般红，

她死了，留我茕茕独坐，笔在手中，
烟从房顶上散落下来；
狐疑重重，好一阵子，
不知道如何去感受，或是否理解，
聪明还是愚蠢，太慢还是太快……
她真没有占了上风，说到底？
这支曲子的“突降”十分成功，
现在我们谈论到死亡突降——
我真应该有权微笑？

裘小龙　译

序　曲

一[1]

冬日傍晚来临，
走廊里一股牛排味。
六点钟。
烟蒙蒙的白天燃尽的烟蒂。
此刻，一阵狂风暴雨
把一摊摊肮脏的枯叶
和从空地刮过来的旧报纸
吹到了你的脚边。
阵雨猛鞭着
烟囱管帽子和破百叶窗。
在那一个街拐角上
出租马车前一匹孤零零的马冒汗、踢蹬。

接着一下子亮了路灯。

二[2]

早晨开始意识到

踩满锯屑的街上传来
微微走了气的啤酒味儿，
还有向早市的咖啡亭
匆匆走去的沾满污泥的脚。

还有那个时刻重新上演的
其他化装舞会，
于是人们想起那在无数间
布置好家具的房间里
拉起灰暗窗帘的手。

三[3]

你从床上掀掉一条毯子，
你仰卧着，等待着；
你瞌睡着，观望着黑夜显示出

---

① 《序曲》共有四章，第一章提出“燃尽的烟蒂”等充满暗示的意象，使人去想接下来将讲什么。四章之间自然应有一定的联系，但这联系究竟是时间上的还是空间上的，艾略特没写明。艾略特在评论法国诗人圣琼·佩斯（Saint-John Perse，1887—1975）时说过一段话：“诗的晦涩是由于略去了链条中的连接物，略去了解释性和连接性的东西，而不是由于前后不连贯，或爱好写别人看不懂的东西……读者须让意象沉入他的记忆，这样做时对每一个意象的合理性不抱任何怀疑；到头来，一个总的效果就得以产生了。这种意象和思想的持续的选择毫无一点混乱，不仅仅有概念的逻辑，也有幻想的逻辑。”这段话也许有助于我们理解这首诗。

② 第二章从“意识到”起一直写到“化装舞会”为止，全是早晨的意识的内容。这里选择的意象抨击了人们精神世界的空虚：早晨开始的生活仅是“化装舞会”而已。“拉起灰暗窗帘”更是富有暗示的意味。

③ 第三章从第二章中“无数间布置好家具的房间”以及“化装舞会”的带有强烈暗示的场景中延伸下来。房间里的这个女人显然是堕落的；艾略特始终对现代社会中“有欲无情”的性生活极为不满。不过这个女人是象征性的。诗的末尾，艾略特故意用丑恶的意象，造成了与后期浪漫主义和唯美主义截然不同的效果。这正是他的所谓时代感性。

成千上万个污秽的、
构成了你的灵魂的意象，
这些意象在天花板上隐现。
当这个世界人全都重新回来，
阳光在百叶窗中悄悄爬上，
你听到一只麻雀在街沟中歌唱，
对你，街道呈现出自己
几乎也理解不了的一个景象；
坐在床边上，你
卷着头发中的纸带子，
或用两只腌臜的手掌
捏着黄黄的脚底心。

四[1]

他的灵魂紧紧拉过了那片
消失于一座城市大钟后的天空，
被不停的脚步踩踏着，
在四点、五点和六点钟。
又短又粗的手指填着烟斗，
一张张晚报，还有深信
某些必然事物的眼睛，

① 有评论家认为：诗中的“他”是街道——大地，下面“一条暗黑的街道”与之呼应。但也可以说“他”是“失去了人性的”人。在一长串客观地不加评论的意象后，诗人为另一种幻想感动了，最后三行又突然把这种抒情“拆台”了，改变了整首诗的格调，但也暴露了诗人的束手无策，只能把一切付诸苦笑。

一条暗黑的街道的意识
急于要掌握这个世界。

我被那缭绕着、紧抱着
这些意象的幻想感动，
一种无穷温柔的
无穷痛苦的事物的概念。

用手擦一下你的嘴，然后大笑，
世界旋转着，像个古老的妇人
在空地中拣煤渣。

裘小龙　译

大风夜狂想曲[①]

十二点。
沿着合成月光映照下的
街道的延伸，
低语着的月夜咒语
融去了记忆的地面，
以及一切清晰的联系，
还有其中的间隔与度数。
我走过的每一盏路灯
像一只虔信宿命的鼓似的敲，
在黑暗的空间中
午夜抖动着记忆，
仿佛疯子抖动着一棵死天竺葵。

一点半，
路灯劈啪地响，
路灯咕哝着讲，
路灯说："瞧这个女人，
她犹豫地走近你，在门口
像对她咧开嘴笑似的光线中。
你看看她裙子的镶边，

镶边撕得粉碎、沾满沙土；
你再留神看她的眼角，
拧动起来像扭曲的针。”

记忆将一大堆扭曲的事物
抛起，像搁浅在海滩；
沙子中一根扭曲的树枝，
让海水冲洗得平整、光滑，
仿佛这世界吐出了
骷髅一般的秘密，
僵硬，惨白。
工厂院子里的一根破弹簧，
铁锈附上已失去力量的外形，
硬绷绷的、卷曲、随时都会折断。

两点半，
路灯说：
“瞧一眼那仰卧在阴沟里的猫，
那猫伸出舌头，
吞下一口发臭的黄油。”

---

① 说话者（诗人）踏月走回他的住处，月色的“合成”魅力融去了记忆的寻常秩序，提供了一种新的自由联想方式，在这种自由联想中事物仿佛获得了不同寻常的秩序和认识。诗中的路灯似乎是在衡量着时间的进程，每一盏路灯投出光束，照在自己的意象上，让记忆从它一般的联系中解脱出来，给意象一种新的合成意义。这些意象全集中于生活中恐怖的扭曲面——种种扭曲的事物。不过，“大风夜的狂想”仅仅是试图从有秩序的记忆里逃脱，结果却并不能从恐怖里逃脱。最后一盏灯将说话者带回到了白天的秩序——回到现实了——他的住处、责任和走马灯般的生活。然而他无能为力，无路可逃，这是记忆最后的痛苦一扭，在诗中比喻成“刀子的最后一拧”。

一个孩子的手，机械地伸出，
将码头奔跑的小玩意儿装进口袋，
在那孩子的眼睛后面，我什么都没看见。
这条街上我看到过
那些试图透过灯光下百叶窗凝视的眼睛；
还有个下午，一只年迈的、背上
长藤壶的蟹，在小水坑里钳住我
向它伸出的一根棍子顶端。

三点半，
路灯噼噼啪啪地响着，
路灯在黑暗中咕哝着，
路灯哼哼唧唧地唱着：
“瞧那轮月亮，
她从来不念旧怨，[①]
她眨着一只无力的眼睛，
她的微笑落进了角落。
她抚平青草一样的乱发。
月亮已丧失了她的记忆。
淡淡的天花痕毁了她的面容，
她手捻着一朵散发着尘土
和古龙水味的纸玫瑰。
她孑然一身，
尽管那一遍遍越过她脑海的

---

① 原文为法文，La lune ne garde aucune rancune。

陈腐的小夜曲的韵味。”
记忆归来，不见阳光而干枯的天竺葵，
细小裂缝中的尘土，
街道上栗子的气味，
百叶窗紧闭的房间中女人的身体味，
走廊上烟卷的烟味，
酒吧间中的鸡尾酒酒味。

路灯说：
“四点，
这就是门上的号码。
记忆！
你有这把钥匙，
小灯在楼梯上投下一个光束。
登上去。
床已铺开；牙刷插在墙上，
把你的鞋放在门口，睡吧，准备生活。”

刀子的最后一拧。

裘小龙　译

窗 前 晨 景

地下室厨房里，她们把早餐盘子洗得乒乓响；
沿着众人践踏的街道边沿，
我感到女仆们潮湿的灵魂
在大门口沮丧地发芽。

一阵阵棕色波浪般的雾从街的尽头
向我抛上一张张扭曲的脸，
又从一位穿泥污的裙子的行人的脸上
撕下一个空洞、悬停在半空的微笑，
然后沿屋顶一线消失。

裘小龙　译

《波士顿晚报》

《波士顿晚报》的读者们
像一片成熟了的玉米地在风中摇晃。

当暮色在街头微微加快步子，
在一些人身上唤醒生活的欲望，
给其余的人带来了《波士顿晚报》。
我登上楼梯，按着门铃，疲惫地转过身，
像一个人转身向拉罗什富科[①]点头告别——
如果这条街是时间，他在街的尽头，
我说："哈里特表弟，给你《波士顿晚报》。"

裘小龙　译

---

① François de La Rochefoucauld（1613—1680），法国散文作家，以《箴言录》著称。

海伦姑姑

海伦·斯林斯比女士是我未嫁过人的姑姑，
在近时髦地段的一栋小房子里居住，
前前后后，足足有四个仆人把她照顾。
现在她去世，天国里一片静默，
她居住的那条街尽头，同样阒寂无声。
百叶窗已拉下，殡仪员擦了擦他的鞋——
这样的事以前也发生过，他清楚。
那些狗倒是被照看得好好的，食料挺足，
但过了不多久，那鹦鹉却也一命呜呼。
德累斯顿出产的钟依然在壁炉上滴答响，
而那个男仆高高坐在那张餐桌上，
把那第二号女仆在膝盖上抱紧——
女主人在世时，他曾一直那样谨慎小心。

裘小龙　译

南希表妹[1]

南希·艾略考特小姐
大步迈过山岭，穿过山岭，
骑马越过山岭，穿过山岭——
这些新英格兰贫瘠的山岭——
与猎狗一起
驰过牧牛场。

南希·艾略考特抽烟
还跳所有的现代舞，
她姑姑们不知道该如何感想，
但她们知道这就是现代。
在涂釉的书架上，马修[2]和华尔多[3]，
信仰的守护神——密切注视着
那不会更改法律的部队。

裘小龙　译

---

① 据国外评论家考证，南希表妹实有其人。诗中的南希表妹，是一个不满并反抗传统生活方式的形象，诗的最后三行写到传统的“信仰的守护神”，是画龙点睛之笔。

② 马修·阿诺德（Matthew Arnold，1822—1888），英国批评家兼诗人，艾略特曾撰文抨击他的文艺批评方法。

③ 拉尔夫·华尔多·爱默生（Ralph Waldo Emerson，1803—1882），美国超验主义哲学家、诗人。

阿波利耐斯先生[①]

多么别致！天啊，多么神奇的似是而非！真是个有本事的人！

——琉善[②]

阿波利耐斯先生访问美国，
他的笑在茶杯间叮当，
我想起弗拉基里恩[③]，那白桦林中害羞的角色，
还有灌木丛里的普里阿普斯[④]，
张着嘴盯着秋千上的淑媛荡来荡去，
在弗拉库斯夫人府上，在钱宁-奇塔教授宅中，
他笑得像个无责任能力的胎儿，
他的笑潜入海中，深得
和海叟的一样
藏在珊瑚岛下
那里溺死者忧惧的尸体在绿色的静默里漂降，
自碎浪的指间坠落。

我寻找阿波利耐斯先生那在椅子下面滚动的头，
那俯向屏风的咧开的嘴，
发间缠满海藻，

我听到人马怪的蹄音叩打坚硬的草皮
他干枯激昂的话语吞没整个下午。
“迷人的人啊，”“可他到底说了什么？”
“他耳朵尖尖的……想必精神出了毛病，”
“他说的东西我本该质疑。”
至于巨公的未亡人弗拉库斯夫人，还有奇塔教授伉俪，
我只记得一片柠檬，一块咬过的蛋白杏仁饼干。

董伯韬　译

① 阿波利耐斯先生是影射英国哲学家罗素（Bertrand Russell，1872—1970）。原文 Apollinax 为艾略特自铸之词，隐指拉丁文“Apollinis arx”（阿波罗的城堡／要塞），其中“Apollinis”是“Apollo”（阿波罗）的所有格，“arx”则意为“城堡”“要塞”。克里斯托弗·里克斯和吉姆·麦丘认为，“Apollinis arx”是希腊罗马神话中女先知西比尔栖居的山洞的入口。在本诗中，Apollinax 用作姓氏，有反讽意味。

② Lucian（约 120—180），古希腊修辞学家、讽刺作家和哲学家。

③ Fragilion，让人想到“fragile”（脆弱）一词。

④ Priapus，希腊神话中的生殖之神，在诗中是阿波利耐斯的镜像，亦为好色之徒。

歇斯底里

她笑的时候我感到卷入了她的笑声并成了笑声的一部分，最后她的牙齿成了仅仅偶然出现，仿佛赋有班组训练才能的星星。我被一次次短暂的喘气吸引，在每一个短暂的恢复中吸入，终于消失在她咽喉的漆黑洞穴中，在那看不到的肌肤的波纹中擦得遍体鳞伤。一个年迈的侍从，颤抖着手，匆忙地把一块红白格子的台布铺在生锈的绿色铁桌子上，说："如果先生和太太愿意在花园里用茶，如果先生和太太愿意在花园里用茶……"我得出结论，倘若她胸脯的起伏能够停下，这个下午的一些断片也许还可以收拾，于是我集中精力，仔细又巧妙地要达到这一目的。

裘小龙　译

献媚的谈话[1]

我说："月亮，我们多愁善感的朋友！
或者也可能（异想天开，我承认），
它是祭司王约翰[2]的气球，
或是一只高挂的老破灯笼，
向可怜的旅人映照他们的贫穷。"
于是她说："你扯远了，真神！"

于是我说："有人在琴键上演奏
优美的小夜曲，用曲子我们解释
夜色和月光，我们把音乐紧搂，
来体现出自己的空虚。"
于是她说："这指的是我？"
"噢，不，是我，我愚蠢无比。"

"你，夫人，是永恒的幽默家，
绝对之物的永恒的死敌，
把我们游移的情绪轻轻一扭！
以你无动于衷和傲慢的神情
一下子驳倒我们疯狂的诗意——"

那么——“我们就如此严肃认真？”

裘小龙　译

① 这首诗是说话者和月亮（当然也可把月亮理解成一位女性）的对话，通过似乎是聪明实际是无聊的谈话，揭示了现代资本主义社会中一些人的精神空虚。

② Prester John，传说中中世纪的一位信奉基督教的东方统治者。

一个哭泣的年轻姑娘[1]

姑娘，我该怎样称呼你呢……[2]

站在台阶最高一级上——
倚着花园中的一只瓮——
梳理，梳理着你秀发中的阳光——
痛苦地一惊，将你的花束抱紧——
又将花束扔地上，然后转身，
眼中一掠而过哀怨：
但梳理，梳理着你秀发中的阳光。

就这样我愿意让他离开，
就这样我愿意让她伫立，悲哀，
就这样他愿意远遁，
像灵魂离开那被撕碎和擦伤的躯体，
像大脑遗弃它曾使用过的身子。
我愿意找到
一条无可比拟的轻娴途径，
一种你我两人都能理解的方式，
简单而无信，恰如握手和一笑。

她转过身去，但随着深秋的气候，
许多天，激发着我幻想，
许多天，许多小时；
她的头发披在臂上，她的臂中抱满鲜花。
我真诧异这一切怎么会在一起！
我本应失去一个姿势和一个架子。
常常这些沉思默想依然
在苦闷的午夜和中午的休息时使我惊讶。

裘小龙　译

---

① 原诗标题为意大利文，La Figlia Che Piange。

② 原为拉丁文，O quam te memorem virgo。据艾略特的朋友约翰·海沃德（John Davy Hayward，1905—1965）回忆，1911年艾略特参观意大利的一个博物馆，在馆中看到一块雕有一个哭泣的年轻姑娘的石碑，但他找不到说明词，于是写下这首诗，并在诗的前面引了阿多尼斯对维纳斯的一段话："姑娘，我该怎样称呼你呢？"一般认为，这是艾略特让读者去思考诗的真正内涵是什么，诗中三个人物——姑娘、那离开她的人（爱人）和诗人，很微妙地共处在戏剧性场景中；视角在变换，意识在流动，诗人和情人有时合二为一，场景也随着段落而变化。整首诗是种微妙的象征。第一节塑造了一幅美和痛苦的图景，从诗的创作过程来看，我们可以这样理解：诗人幻想着情人分手的情景，是这幻想的第一幕的导演，要姑娘摆一种浪漫主义的姿势，第一节的祈使语气说明了此点。接着，第二节明了地将诗人（情人）的想法写了出来。诗的虚拟语气提示这个场景仅存在于幻想之中，诗人和情人的双重身份故意写得含混。"我愿意找到一条无可比拟的轻娴途径"一句，既可视作诗人在研究他的创作，也能理解为以一个情人的身份，他在考虑怎样和姑娘分手。第三节中，姑娘真的转身去了，毫无诗人幻想中罗曼蒂克式的夸张，"深秋的气候"暗示着肃杀的场景，诗人依然是苦恼的，美和痛苦的幻象重新萦回在他眼前。

荒 原

1922

"因为有一次我亲眼看见西比尔被关在一只笼子里悬挂在库米城,当孩子们问她:'西比尔,你想要什么?'她回答道:'我想死。'"①

献给埃兹拉·庞德
高明的匠师②

---

① 引自古罗马作家佩特罗尼乌斯（Petronius Arbiter，约 27—66）所著史诗体喜剧式传奇小说《萨蒂利孔》（*Satyricon*）第 48 章。西比尔是库米城（意大利西南部古城）的著名预言家；她在罗马诗人维吉尔（Virgil，前 70—前 19）的史诗《埃涅阿斯纪》（*Aeneid*）中曾引导埃涅阿斯穿越冥府。西比尔受阿波罗的恩赐得享永生不死，但她忘却了要求青春常在，因此及至年老色衰，躯体萎缩，威望亦随之下降。

作者佩特罗尼乌斯是荒淫的罗马皇帝尼禄的密友，出身富家，终生追逐享乐，也是尼禄的亲信之一，授"起居郎"。《萨蒂利孔》详尽记录了当时流行的享乐生活，因此具有重要历史价值，且文笔典雅，机智风趣。

② 埃兹拉·庞德（Ezra Pound，1885—1972），美国诗人、评论家。二十世纪英语世界新诗运动旗手之一。他首先推荐发表艾略特的诗作，并帮助艾略特最后删改《荒原》，艾略特因此尊称他为"高明的匠师"。"高明的匠师"（il miglior fabbro）之说原系《神曲·炼狱篇》第 26 歌第 117 行中褒扬普罗旺斯诗人阿尔诺·达尼埃尔（Arnaut Daniel，活动时期 1180—1200）的用语。

一　死者的葬礼

四月是最残忍的月份，从死去的土地里
培育出丁香，把记忆和欲望
混合在一起，用春雨
搅动迟钝的根蒂。
冬天总使我们感到温暖，把大地
覆盖在健忘的雪里，用干燥的块茎
喂养一个短暂的生命。
夏天卷带着一场阵雨
掠过施塔恩贝格湖[1]，突然向我们袭来；
我们滞留在拱廊下，接着在阳光下继续前行，
走进霍夫加登[2]，喝咖啡闲聊了一个钟头。
我根本不是俄国人，我从立陶宛来，一个地道的德国人。[3]
那时我们还是孩子，待在大公的府邸，
我表哥的家里，他带我出去滑雪橇，
我吓坏啦。他说，玛丽，
玛丽，用劲抓住了。于是我们就往下滑去。
在山里，在那儿你感到自由自在。
夜晚我多半是看书，到冬天就上南方去。

这些盘曲虬结的是什么根，从这堆坚硬如石的垃圾里

长出的是什么枝条？人之子，④
你说不出，也猜不透，因为只知道
一堆破碎的意象，这里烈日曝晒，
死去的树不能给你庇护，蟋蟀不能使你宽慰，⑤
干燥的石头也不能给你一滴水的声音。只有
这块红岩下的阴影，⑥
(走到红岩的阴影下来吧，)
我就会给你展示一样东西既不同于
早晨在你背后大步流星的影子
也不同于黄昏时分升起的迎接你的影子；
我会给你展示在一把尘土中的恐惧。
　　　　微风乍起
　　　　吹向我的祖国
　　　　我的爱尔兰孩子，
　　　　你在哪儿等我？⑦
“一年前你最先给我风信子；
他们叫我风信子姑娘。”
——可是等咱们从风信子花园回家，时间已晚，
你双臂满抱，你的头发都湿了，我一句话

---

① Starnbergersee，位于慕尼黑附近。从这句起以下八行描述的情景令人忆起第一次世界大战前欧洲的堕落。论者以为诗人受玛丽·拉里施伯爵夫人（Countess Marie Larisch，1858—1940）的自传《我的过去》（*My Past*）的感兴，但据艾略特夫人称，诗人此前并未见到该书，而是从伯爵夫人言谈中了解到上述情景。

② Hofgarten，慕尼黑城内一座小公园。

③ 原文为德文，Bin gar keine Russin，stamm' aus Litauen，echt deutsch。

④ 见《原注》第20行。

⑤ 见《原注》第23行。

⑥ 参阅《圣经·旧约·以赛亚书》第32章第12节。

⑦ 原文为德文，Frisch weht der Wind/Der Heimat zu/Mein Irisch Kind,/Wo weilest du? 参阅《原注》第31行。

都说不出来，眼睛也看不清了，我既不是
活的也不是死的，我什么都不知道，
茫然谛视着那光芒的中心，一片寂静。
大海荒芜而空寂。[1]

索梭斯特里斯太太[2]，著名的千里眼，
患了重感冒，可她仍然是
人所熟知的欧洲最聪明的女人，
她有一副邪恶的纸牌[3]。你瞧，她说，
这张是你的牌，淹死的腓尼基水手[4]，
(那两颗珍珠就是他的眼睛。你瞧！)[5]
这是美丽的夫人[6]，岩石圣母，
善于应变的夫人。
这是拥有三根权杖的人[7]，这是转轮[8]，

① 原文为德文，Oed' und leer das Meer。参阅《原注》第42行。

② Madame Sosostris，一个冒牌的算命女人，她袭用了埃及法老索梭斯特里斯的名字。艾略特无疑取自阿道斯·赫胥黎（Aldous Huxley，1894—1963）的小说《铬黄》（*Chrome Yellow*）中的一个喜剧场景。

③ pack of cards，指塔罗牌。牌有四组，由寻找金杯传说的诸象征构成：长矛、杯、剑和碟，共七十八张。参阅《原注》第46行。

④ 参阅本诗第四部分《死于水》。

⑤ 此行引自莎士比亚《暴风雨》第1幕第2场第401行，系精灵爱丽尔所唱的歌。

⑥ 原文为意大利文，Belladonna。这里可能指圣母马利亚，据上下文应系达·芬奇所绘油画《岩石圣母》，象征教会的庇护，圣母则象征现代爱情的精神干涸。

⑦ man with three staves，塔罗牌中的一张牌，三根权杖喻一个成功的商人在检查他的船队时在附近地上插下的三根木杖。另有解释为：三根权杖象征男性生殖器和埃及神俄赛里斯的转生。艾略特在注释中说，他“武断地”将持三根权杖的人与渔王相联系；而在杰西·韦斯顿（Jessie L. Weston，1850—1928）的书中，则系生命与新生的象征。参阅《原注》第46行。

⑧ Wheel，即命运之轮，也可能指佛教的轮回。

这是独眼商人[①]，这张牌，
尽管是空白的，是他背上扛着的东西，
却不准我看那到底是什么。我没有去找
那被绞死的人[②]，害怕被水淹死。
我看见簇拥的人群围成一个圆圈走。
谢谢你。假若你见到亲爱的埃奎顿太太，
请告诉她我要亲自把占星图给她送去：
现如今你得非常小心。

虚幻的城市，[③]
在冬天早晨的棕色浓雾下，
人群流过伦敦桥，那么多人，[④]
我没有想到死神竟报销了那么多人。
偶尔发出短促的叹息，[⑤]
每个人眼睛都盯着自己的脚尖。
他们拥上山冈，冲下威廉王大街，
那儿圣玛丽·沃尔诺斯教堂的大钟
沉重的钟声正敲着九点的最后一响。[⑥]

---

① one eyed merchant，即后面第三部分中的尤吉尼德斯先生。与第四部分《死于水》中的“淹死的腓尼基水手”相映照。 据杰西·韦斯顿称，腓尼基商人大都是为举行丰产祭祀典礼供应粮食的商人。这个商人被称为“独眼”，因纸牌上仅是半面侧身像。他背上负载的殆为世间的邪恶或获得丰产的秘诀。

② the Hanged Man，在这张牌上，他的一只脚被吊在十字架上，象征丰饶之神的自我牺牲，他为了能复活而给大地和人民再次带来丰饶而死。

③ 参阅《原注》第 60 行。

④ 参阅《原注》第 63 行。

⑤ 参阅《原注》第 64 行。

⑥ 参阅《原注》第 68 行。圣玛丽·沃尔诺斯教堂在伦敦市金融区。人群流过伦敦桥进入市区工作。这里第一次提到教堂系暗示圣杯传说中的那座濒于倾圮的小教堂。

我看见一个熟人，我叫住他：“斯特森！[1]
你不就是在梅利[2]和我一起在舰队里的吗！
去年你栽在你花园里的那具尸体，
开始发芽了没有？今年会开花吗？
要不就是突然来临的霜冻惊扰了它的苗床？
啊，要让狗离那儿远远的，狗爱跟人亲近，
不然它会用爪子把尸体又刨出来！[3]
你！伪善的读者！——我的同类——我的兄弟！”[4]

① Stetson，伦敦人熟知的一个帽子制造商，这里用以代表一个普通的商人。

② Mylae，指公元前260年，古罗马与迦太基之间的第一次布匿战争中的海战“梅利战役”。战争爆发的原因与第一次世界大战同，都是为了攫取经济利益，战争以罗马取胜结束。梅利战役与诗中说话人和斯特森参加的第一次世界大战融合为一。

③ 参阅《原注》第74行。

④ 参阅《原注》第76行。

二 弈棋[1]

她坐的椅子，像金碧辉煌的宝座，[2]
映照在大理石上熠熠生光，高擎明镜的
灯台石柱雕刻着果实累累的葡萄藤蔓
一个金色的丘比特从藤蔓中偷偷往外张望
（另一个却把眼睛藏在他的翅膀后面）
明镜把七枝灯座吊灯的烛光反照得加倍明亮，
当她的珠宝从锦匣中射出
眩目的闪光与灯光相遇
桌面上便反射出一片霞光；
象牙的、彩色玻璃的小瓶
打开了瓶塞，里面藏着她那些调制的奇异香水，
粉末的，或液体的软膏——扰乱了，淹没了
在芳香氲氤中的感官；袅袅上升的香气
被窗外新鲜空气拂动
把烛光的延长的火焰扇得更旺，
烟雾窜进细工雕刻的凹形镶板[3]，
拂动着方格天花板上的图案。
巨大的铜制的海洋树林
煅烧成翠绿和橘红色，镶嵌着彩色宝石，

一个镂刻的海豚在林间荫翳的光线下翻腾嬉水。
在那古老的壁炉上方，
仿佛是一扇眺望林木葱郁[4]的窗子
挂着菲罗墨拉变形的画图，[5]她被野蛮的国王
那么粗暴地强行非礼；但夜莺曾在那儿
用她那不可亵渎的歌声充塞了整个荒漠[6]
而她仍在啼叫，今天这世界仍在继续啼叫，
向猥亵的耳朵叫着“佳佳”[7]。
还有往昔的轶事旧闻
展示在四周墙上；惹人注目的形体
身子或向前倾，或倚斜着，叫这四壁围住的房间噤声。
楼梯上步履蹀躞。
火光下，发刷下，她的长发
散成点点火星
化为语言，接着又将是一片死寂。

“今晚我心情很乱，是的，很乱。陪着我。
跟我说话。为什么你总不说话。说呀。
你在想什么？想什么？是什么呀？

---

① 标题取自英国剧作家托马斯·米德尔顿（Thomas Middleton，1570—1627）的《弈棋》，但情节则引自其另一剧本《女人提防女人》（*Women Beware Women*），剧中媳妇在房中被人诱奸，其婆母则被有意邀往隔壁房间弈棋为戏，使诱奸终于乘隙成事。

② 参阅《原注》第77行。

③ Laquearia，参阅《原注》第92行。

④ Sylvan scene，参阅《原注》第98行。

⑤ 参阅《原注》第99行。

⑥ 参阅《原注》第100行。

⑦ 伊丽莎白王朝以来诗歌中对夜莺啼声的描写。这个悲剧性的神话已沦为一则淫乱的故事。

我从来不知道你在想什么。想想看。”

我想咱们是住在耗子的洞穴里①
死人连他们的尸骨都丢失了。

“那是什么声音？”
是门下面的风②。
“这会儿又是什么声音？风在干什么？”
没有什么，还是没有什么。
“难道
你什么都不知道？什么都没有看见？什么都
不记得吗？”

我记得
那些珍珠原是他的眼睛。
“你是活的还是死的？你脑子里难道什么都没有？”③
可是
哦哦哦哦这莎士比亚式的拉格④——
多么文雅
多么聪明⑤
“现在我该干什么？我该干什么？

---

① 参阅《原注》第 115 行。
② 参阅《原注》第 118 行。
③ 参见《原注》第 126 行。
④ Shakespeherian Rag，拉格实际就是黑人爵士乐拉格泰姆（ragtime）。此句改编自齐格飞歌舞剧团的百老汇剧《1912 年度活报剧》中的一句歌词。
⑤ 上注中歌曲的歌词。

“我就这样冲出去，走在大街上
“披头散发的，就这样。咱们明天又干什么？
“咱们到底要干什么？”
热水十点钟供应。
如果下雨，四点钟来一辆透不进雨的汽车。
然后咱们就下一盘棋，
一面睁大着永远醒着的眼睛等待那一下敲门声。①

丽尔的丈夫从部队复员②的时候，我说——
我可不喜欢吞吞吐吐，我亲口对她这么说，
请快点儿,时间到啦③
如今阿尔伯特要回来啦，你把自己打扮得漂亮点儿。
他准想知道你用他给你镶牙齿的钱
到底干了什么。他给了钱，当时我在场。
你把它们全拔了，丽尔，装一副漂亮的，
他说，我发誓，我连瞧你一眼都受不了。
我也不能再忍受下去了，我说，想想可怜的阿尔伯特，
他在部队里待了四年，他想快快活活过日子，
要是你不让他快活，自有别人愿意呢，我说。
噢，有吗，她说。差不离儿，我说。
那我倒想知道该向谁表示感谢啦，她说，瞪了我一眼。

---

① 参阅原注第 138 行。
② demobbed，指第一次世界大战结束从部队复员。以下一段，据艾略特谈，系基于艾略特夫妇所雇女仆讲述的故事。原稿显示，第 153 行和第 164 行系艾略特第一任妻子薇薇恩 · 艾略特的建议。
③ HURRY UP PLEASE ITS TIME，英国酒吧间侍者在营业时间已过准备关门打烊时的惯常用语。

请快点儿,时间到啦
要是你不喜欢，不妨也将就着过吧，我说。
别人可以挑挑拣拣，你可不能。
要是阿尔伯特跑了，那可不是因为没人警告过你。
你应该感到害臊，我说，你看上去多像个老古董。
(可她还只是三十一。)
我没法子，她说，拉长了脸。
这都怪我吃的那些药片，不想再有孩子啦，她说。
(她已经有了五个，生小乔治几乎要了她的命。)
药房老板说没事儿，可我再也不似往常了。
你真是个十足的大傻瓜，我说。
要是阿尔伯特不让你安生，结果只能这样，我说，
你不想有孩子，那你结婚为什么来着?
请快点儿,时间到啦
嗯，那个星期天阿尔伯特在家，他们有只新鲜熏腿，
他们邀我去吃饭，趁新鲜品尝一下熏腿的美味——
请快点儿,时间到啦
请快点儿,时间到啦
晚安，比尔。晚安，露。晚安，梅。晚安。
谢谢，谢谢。再见。再见。
再见，太太们，再见，好太太们，再见，再见。①

① 参阅《哈姆雷特》第4幕第5场第72—74行，奥菲利亚在发疯投河自杀前的一段台词。

三　火诫[1]

河上的帐篷破了：最后残留的枯叶犹恋恋不去
终于落进潮湿的河堤。风吹过褐色的大地，
没有被人听见。仙女们已经离去。
亲爱的泰晤士河，你轻柔地流，直到我唱完我的歌。[2]
河上没有空酒瓶，没有三明治，
也没有丝手绢，硬纸盒，香烟头
或者其他表明夏天夜晚的证据。仙女们已经离去。
她们的朋友，城里董事们的逍遥的公子们，
也已离去，没有留下地址。
在莱蒙湖畔我坐下来低泣[3]……
亲爱的泰晤士河，你轻柔地流，直到我唱完我的歌，
亲爱的泰晤士河，你轻柔地流，因为我说得不响也不长。
但是在我背后，在一阵冷风中我听见[4]
尸骨的格格声和吃吃的笑声传向四方。

一只耗子轻轻爬过草丛
拖着黏滑的肚皮在河堤上行走
而我在一个冬天的薄暮，离煤气厂后面不远
在那条滞缓的运河上钓鱼[5]
沉思我的兄王在海上的遇难

和在他以前我的父王的驾崩。⑥
白色的躯体裸露在低洼潮湿的地上，
尸骨被扔在一座低矮而干燥的小阁楼里，
年复一年只是给耗子踩得格格作响。
但是在我背后我不时听见
汽笛和马达的声音，到春天它
就要把斯威尼带给波特太太⑦。
啊，明月光皎皎
把波特太太和她女儿照
她俩在苏打水里洗双脚⑧
啊，听那些孩子们在圆屋顶里歌唱的声音！⑨

唧 唧 唧
佳 佳 佳 佳 佳
那么粗暴地强行非礼

---

① 在《火诫》中，佛告诫信徒们，要厌恶情欲和肉体感觉的烈焰，从而过一种圣洁的生活，从尘世的事物获得自由，最后脱离轮回而达到涅槃。

② 参阅《原注》第 176 行。

③ 参阅《圣经 · 旧约 · 诗篇》第 137 篇，大卫王描述被放逐的希伯来人哀悼他们的故土时，这样写道："我们曾在巴比伦的河边坐下，一追想锡安就哭了。"莱蒙湖即日内瓦湖。

④ 安德鲁 · 马韦尔（Andrew Marvell，1621—1678）的《致忸怩的情人》（*To His Coy Mistress*）诗中有句："但是在我背后我总是听见 / 时间的带翼的马车匆匆向我迫近……"艾略特此句是对原诗的戏拟。下面第 196 行，亦同。

⑤ 据圣杯传说，钓鱼是寻求永恒和拯救，但这一活动已被玷污。

⑥ 参阅《原注》第 192 行。

⑦ 参阅《原注》第 197 行。

⑧ 参阅《原注》第 199 行。

⑨ 原文为法文，Et O ces voix d'enfants，chantant dans la coupole！参阅《原注》第 202 行。

忒瑞[1]

虚幻的城市
在一个冬天中午的褐色雾霭下
尤吉尼德斯先生，从士麦那[2]来的商人
胡子拉碴，带着一满袋无核葡萄干
到伦敦运费和保险金免收：凭提单付货[3]，
他操一口通俗的法语邀请我
上炮台街旅馆[4]去共进午餐
随后去梅特罗波[5]消磨周末。

在暮霭渐浓的时刻，这时眼睛和背脊
从办公桌上抬起，这时人类的发动机
像突突地震动着等待开动的出租车那样等待着，
我，泰瑞西士，虽然双目失明，跳动在两个性别之间，[6]
长着皱巴巴女性乳房的老头儿，却能看见
在这暮霭渐浓的时刻，蹒跚归去的黄昏
正把海员从海上带回家去，[7]

---

① 这里的“唧唧”“佳佳”声再次隐喻夜莺。“忒瑞”即指忒瑞俄斯。参阅约翰·黎里（John Lyly，约 1553—1606）的喜剧《坎帕斯比》（*Campaspe*）：“啊，那是被玷污的夜莺在啼叫/佳，佳，佳，佳，忒瑞！”

② Smyrna，土耳其西部海港，今名伊兹密尔，昔日为叙利亚人和腓尼基人交易之地。

③ 参阅《原注》第 210 行。

④ Cannon Street Hotel，在伦敦市区炮台街车站附近，为来往大陆经营轮船与火车运输的商人旅居之所，亦是同性恋者活动的地方。

⑤ Metropole，英格兰东南部海滨城市布赖顿的一家豪华旅馆。

⑥ 参阅《原注》第 218 行。

⑦ 参阅《原注》第 221 行。

打字员在喝茶时刻[1]回了家，收拾早餐的杯碟，
点起炉子，摆出罐头食品。
她那险凛凛伸出窗外晒晾的连裤内衣
正领受着夕阳最后余晖的爱抚，
长沙发上（夜里便是她的卧床）
堆着她的袜子、拖鞋、背心和紧身胸衣。
我，泰瑞西士，长着皱巴巴乳房的老头
看到这番景象，就能预知其余——
我也在等候那位我盼着他来的客人。
他，满脸粉刺的年轻人来了，
小房地产经纪人的办事员，一副大胆盯视的目光，
那份自信搁在一个地位低微的人身上
活像一个布拉德福德[2]的百万富翁戴了顶大礼帽。
现在时机对他有利，正如他所猜测的那样，
晚饭已经吃过，她感到又厌烦又疲乏，
鼓起勇气上去跟她温存一番
也许还不致受到嗔怪，即使她并不希望这样。
涨红了脸，下定决心他立即发动袭击；
探索的双手没有遇到防卫；
他的虚荣原不要求对方回答
却招来一种满不在乎的欢迎。
(我，泰瑞西士早先已经经受过
在这同一张长沙发或床上演出的一切；

---

① 英国人一般在午后三至五点间喝茶吃点心。
② Bradford，英国约克郡一个以羊毛制品业著称的市镇，第一次世界大战期间毛制品业勃兴，出现了许多暴发户。

我，曾在底比斯城下倚墙而坐[①]
也曾在最卑微的死者中间踽踽独行。）
他屈尊俯就给了最后一吻，
发现楼梯上没有灯光，便暗中摸索着走了……

她掉转身子往镜子里端详了一会，
几乎没有理会她那已经离去的情人；
她脑子里只闪过一个没有完全成形的念头：
“唔，现在完事啦；谢天谢地，这事儿总算已经过去。”
当美丽的女人屈尊干了蠢事以后
重又在房间里来回踱步，孤零零的，
她无意识地用手抚平头发，
接着在唱机上放上一张唱片[②]。

“这阵音乐从水面飘到我身边”[③]
又沿着斯特兰德[④]飘到维多利亚女王大街。
哦 城市 城市，我有时能听见
在下泰晤士街一家酒吧附近，
一只曼陀林动人的哀鸣声
还有笑闹声和喋喋不休的谈话声
从渔夫们中午休憩的地方传来，那儿

① 泰瑞西士曾在底比斯生活了几个世代，目击过底比斯的两代国王俄狄浦斯和克瑞翁的悲剧命运；他曾在底比斯城墙边的市场上预言悲剧的发生。泰瑞西士死后，仍为先知，奥德修斯把他从黄泉召来，引导他返回故国。
② 参阅《原注》第253行。
③ 参阅《原注》第257行。
④ Strand，伦敦市区一条主要街道。

殉道者马格纳斯教堂的院墙一如既往①
闪耀着爱奥尼亚的纯白和金色的神秘光芒。

泰晤士河泛起②
油污和沥青
河上画舫随着潮流变换
各自漂动
风吹涨了片片红帆
向着下风
在沉重的桅樯上摆动。
画舫激起波澜
冲击漂流的圆木
漂过多格斯半岛③
直泻格林威治河湾。
Weialala leia
Wallala leialala④
伊丽莎白和莱斯特⑤
划着船桨
船尾形状
好似一只镀金的贝壳

① 参阅《原注》第264行。
② 参阅《原注》第266行。
③ Isle of Dogs，伦敦东端的一个小岛，三面都被泰晤士河的格林威治河湾围绕。格林威治是位于河南岸的一个区。女王伊丽莎白一世诞生于格林威治宅邸，并曾在此款待莱斯特伯爵（Earl of Leicester），即罗伯特勋爵（Lord Robert）。
④ 参见《众神的黄昏》，这是女声的歌词。
⑤ 参阅《原注》第279行。

彤红而又金黄
轻快的巨浪
激起两岸粼粼微波
西南风
把白色塔楼
隆隆的钟声
带往下游
　　　　Weialala leia
　　　　Wallala leialala

“多少电车和蒙着尘土的树。
海伯利[①]生了我，里士满和丘
毁了我[②]。在里士满附近我支起双膝
仰卧在一只狭小的独木舟的船底。”
“我的脚在穆尔盖特[③]，我的心
在我的脚下。那次事情过后
他痛哭流涕。他保证‘改过自新’。
我没有表示什么意见。我干吗要忿忿不平？”

“在马盖特沙滩[④]。
我能连接

① Highbury，伦敦郊外的住宅区；后文里士满（Richmond）是泰晤士河上游伦敦西南郊外风景宜人的地区，游人来此划船，沿岸多旅舍。丘（Kew），在里士满附近，著名的丘园在焉。
② 参阅《原注》第293行。
③ Moorgate，伦敦东区，贫民居住区。
④ Margate Sands，在泰晤士河入海处，著名的海滨胜地。

虚无与虚无。
肮脏的手上破损的指甲。
我们都是微贱的人
什么都不指望。”
　　　　　　　　　la　la

于是我来到了迦太基[①]

燃烧吧　燃烧吧　燃烧吧　燃烧吧[②]
啊　主啊　请您把我救出来吧[③]
啊　主啊　您救救我吧

燃烧吧

---

① 参阅《原注》第 307 行。
② 参阅《原注》第 308 行。
③ 参阅《原注》第 309 行。

四　死于水[①]

腓尼基人弗莱巴斯，死了两个星期，
忘记了海鸥的啼鸣和大海滚滚的巨浪
也忘记了亏损与赢利。
一股海底涌起的潮流
在悄声细语中捡起了他的尸骨。在随波浮沉之际
他经历了老年和青年的阶段
进入漩涡。
异邦人或犹太人
啊　当你转动轮子迎风遥望的时候，
请细思弗莱巴斯，他一度也曾和你一样高大而英俊。

---

① 弗莱巴斯的溺死于水，在本诗第一部分中已由索梭斯特里斯太太预卜。有些学者认为他的死是为了获得新生，也有人认为是徒然的，没有复活的希望，最可能的看法，是这里代表了诗中说话人要求人们寻求忘却，因此对他的死亡不必认作是真的溺死。

五　雷霆的话[①]

当火炬映红了一张张汗涔涔的脸
当花园里只留下一片寒霜般的寂寥
当受尽了人间冷酷无情的极度痛苦
尖利的喊声和哭号
牢狱和宫殿以及春天的雷霆
在遥远的群山之上回响之后
他过去活着的现在已经死亡[②]
我们过去活着的现在怀着一丝忍耐
正濒临死亡

这里没有水只有岩石
岩石、无水和沙砾的路
路在山岭间盘旋而上
山岭乱石嶙峋而无水
假若有水我们就会停下来痛饮
在山岩丛中你既不能停步也不能思索
汗是干的而脚又陷在沙里
假若山岩丛中哪怕只有一点水
然而死山龋齿累累的嘴吐不出水
这里你不能站不能躺也不能坐

在山岭里甚至没有寂静
但听得无雨的干雷徒然地轰鸣
山岭里甚至没有远离人寰的幽寂
只有那发红的愠怒的脸庞
从一间间泥土剥落的茅屋门口向你咆哮和嘲笑
　　　　　　　　　　　　　　　　假若这里有水

　　而且没有岩石
　　假若这里有岩石
　　也有水
　　而水
　　是一泓泉水
　　岩石中一个水潭
　　假若只有水声
　　不是蝉鸣
　　也不是枯干的野草在歌唱
　　而是从一座岩石那边传来的水声
　　那儿一只画眉正在松林中歌唱
　　滴答滴答答答答[③]
　　但是没有水

那个总在你身旁走的第三个人是谁?

---

① 参阅《原注》第 5 部分第 1 段。
② 以上数行意指基督被囚禁、审判以及钉死于十字架。
③ 参阅《原注》第 357 行。

当我点数的时候，只有你和我在一起①
但当我抬头凝望前方那条白色的大路时
始终有另一个人在你身旁走着
披着褐色的斗篷，戴着兜帽悄悄行走
我不知道那是男人还是女人
——但在你另一边的那个人到底是谁？

在高高的天空中是什么声音②
母亲哀伤的低泣声
那些戴着兜帽拥集在望不到头的平原上
在四围尽是单调的地平线的拆裂的大地上
蹒跚而行的人群是谁
在山岭上那座崩裂了又重建
却又在紫色的天空中突然爆炸的是什么城市
高塔纷纷倒坍
耶路撒冷 雅典 亚历山大
维也纳　伦敦
一切化为虚幻

一个女人紧紧拉起她乌黑的长发
在那弦线上信手奏出如泣如诉的乐曲
一群蝙蝠脸孔像婴儿在紫色的夕晖下
拍打着翅膀尖声鸣叫

---

① 参阅《原注》第360行。
② 参阅《原注》第366—376行。

弯下了头朝一堵发黑的墙俯冲而去
一座座高塔在天空中翻滚颠倒
报时的钟敲着缅怀往昔的钟声
还有从空虚的水池和枯竭的井底唱出的歌声。

在这群山环抱的腐朽的洞穴里
月色迷蒙，在小教堂近旁
坍圮的坟墓上，野草在歌唱
小教堂空寂无人，只是风的家[①]。
没有窗子，门在摇晃
枯槁的尸骨不能伤害人
一只公鸡孤零零栖立在屋脊上
咯 咯 里咯 咯 咯 里咯[②]
电光闪烁。接着一阵潮湿的狂风
带来了雨

恒河沉落了，蔫蔫的草叶
等待着沐雨，但乌云
集合在远方，在喜马拉雅山巅之上。
丛林默默地匍匐，隆起。
于是雷霆开口说
DA

---

① 指骑士为寻求圣杯和长矛的真谛，来到荒原中心的“濒临毁灭的教堂”时，但见一片荒芜一无所有而感到失望。这种一无所见的幻觉是对骑士的最后考验。

② Co co rico，公鸡啼鸣示意鬼魂和恶魔的离去。与《哈姆雷特》第 1 幕第 1 场公鸡啼，先王鬼魂即匆匆离去同。

Datta：我们给予了什么？[①]
我的朋友，鲜血摇撼我的心
一瞬间的大胆果敢的舍弃
一个时代的深谋远虑也决不能追回
我们就凭这一点，只凭这一点才生存过来
这一点在我们的讣告里将不会被人发现
在慈善的蜘蛛覆盖下的记忆里[②]
或者在我们那些由精瘦的律师
启封的空阒的房间里也不会被人发现
DA
Dayadhvam[③]：我听到钥匙[④]
在门上转动了一次，只转动一次
我们想起了钥匙，每个在监狱里的人
都想起钥匙，只是到夜晚时分每个人
才证实一座监狱，虚无缥缈的传说
才把疲惫不堪的科利奥兰纳斯复活片刻
DA
Damyata[⑤]：船儿欢快地
与张帆划桨的熟练的手相应和
大海平静无波，你的心如为之怡悦

---

① 参阅《原注》第 401 行。上帝给众神的回答“DA”，众神解释为“给予”（Datta）。
② 参阅《原注》第 407 行。
③ 上帝给人类的回答“DA”，人类解释为“同情”（Dayadhvam）。
④ 参阅《原注》第 411 行。诗人所引的《神曲 · 地狱篇》部分，是乌哥利诺对但丁的回答，乌哥利诺是把自己的城堡献给敌人的叛徒，他被监禁在塔楼，他和孩子们行将饿死。他忆及他听到钥匙在门上转动了一下，塔楼的门锁上了。
⑤ 上帝给恶魔的回答是“克制”（Damyata）。

会欢快地应和，顺从那双克制的手
迎风前进

我坐在岸边
垂钓[1]，身后是干旱荒芜的平原
我是否至少该把我的国家整顿好？
伦敦桥倒坍了　倒坍了　倒坍了[2]
于是他隐入精炼他们的烈火之中[3]
什么时候我才会像一只燕子[4]——啊　燕子　燕子[5]
阿基坦王子来到了毁圮的高塔[6]
这些就是我用来支撑自己以免毁灭的零星断片[7]
嗨 我会使你中意的。希罗尼摩又发疯了。[8]
Datta. Dayadhvam. Damyata.
Shantih shantih shantih[9]

汤永宽　译

---

① 参阅《原注》第 424 行。这里的“我”坐在岸边象征性地“垂钓”（寻求拯救、新生和永恒），身后即荒原，然而他究竟能把他的国家整顿到什么程度则茫然无所知。
② 引自童谣《伦敦桥倒坍了》（*London Bridge is Falling down*）。
③ 原文为意大利文，Poi s'ascose nel foco che gli affina（但丁《神曲 · 炼狱篇》第 26 歌）。参阅《原注》第 427 行。
④ 原文为拉丁文，Quando fiam uti chelidon。参阅《原注》第 428 行。
⑤ 参阅斯温伯恩（Algernon Charles Swinburne，1837—1909）的诗篇《伊蒂勒斯》（*Itylus*），以及丁尼生（Alfred Tennyson，1809—1892）的《公主》（*The Princess*）中：“啊燕子，燕子，你飞吧，飞向南方去吧……”
⑥ 原文为法文，Le Prince d'Aquitaine à la tour abolie。塔罗牌中有一张牌是“雷电击毁的塔”，“毁圮的高塔”象征一种衰微的传统。参阅《原注》第 429 行。
⑦ 诗人可能指全诗就是诗人企图与自己所处境况妥协而集合上下古今的断片而成。
⑧ 参阅《原注》第 431 行。
⑨ 梵文。参阅《原注》第 433 行。

原　注

不仅是本诗的题名，而且起意写本诗的计划以及由此出现的许多象征手段也都是由于杰西 · L. 韦斯顿女士的那本关于圣杯传说的著作：《从祭仪到传奇》（剑桥版）的启发。我确实深深得益于该书，韦斯顿女士的著作远比我的注释更能解释清楚诗中的疑难之处，因此我向任何认为值得一读关于本诗的这些解释的读者推荐这部著作（且不提它本身具有引人入胜之处）。我在总的方面还得益于另一部人类学著作，这部专著深深地影响了我们这代人，我指的是《金枝》；我尤其引用了其中关于阿多尼斯、阿蒂斯、奥西斯那两卷。凡是熟悉这些著作的读者，都会立即从本诗中所引用的一些关于祈求五谷丰登的仪式中辨认出来。

一　死者的葬礼

第 20 行：参阅《圣经 · 旧约 · 以西结书》第 2 章第 1 节。
[上帝对以西结说："人子啊，你站起来，我要和你说话。"又，见第 37 章第 3 节，上帝指着平原中许多骸骨问以西结，"人子啊，这些骸骨能复活吗？"——译注]

第 23 行：参阅《圣经 · 旧约 · 传道书》第 12 章第 5 节。
[其意在于描述人变老时的痛苦。——译注]

第 31 行：见《特里斯坦与伊索尔德》（*Tristan und Isolde*）第 1

幕，第5—8行。

[德国著名音乐家瓦格纳（Richard Wagner，1813—1883）的歌剧。——译注]

第42行：同上，第3幕，第24行。

[牧羊人向濒死的特里斯坦这样报告。特里斯坦正等待伊索尔德的到达。——译注]

第46行：我并不熟知塔罗牌的确切构成，显然我只是用来适应我的需要而已。那个被绞死的人是牌里历来就有的一张，他在两个方面适用于我的目的：一是因为他与我心目中弗雷泽“那被绞死的神”相关联，二是因为我在第五部分中把他与使徒们赴以马忤斯途中遇见的那个戴着兜帽的人联系在一起了。其他如后面出现的腓尼基水手和商人；还有第四部分中那些“簇拥的人群”以及“死于水”的处决。又如手执三根权杖的人（塔罗牌里的一个真实的成员），我颇为武断地把他与渔王本人联系在一起了。

第60行：参阅波德莱尔（Charles Baudelaire，1821—1867）：

“人群密集的城市，充满着迷梦的城市，

“那里鬼怪幽灵在光天化日之下向行人招呼。”

[引自波德莱尔《七个小老头》（*Les Sept Vieillards*）一诗。——译注]

第63行：参阅《神曲·地狱篇》第3歌，第55—57行：

“这样一长列人群，

我决不会相信死神

居然使这么多的人失去了生命。”

第64行：参阅《神曲·地狱篇》第4歌，第25—27行：

“从我谛听到的，我能肯定
这里没有哀悼，只有一声声叹息，
震动了那永恒的空气。”
第 68 行：这是一种我经常注意到的现象。
第 74 行：参阅韦伯斯特的《白魔》（*The White Devil*）中的挽歌。
[即“可是别让狼挨近那儿，那是人的仇敌，
因为它的爪子会把他们重新刨出来。”——译注]
第 76 行：见波德莱尔的《恶之花》(*Le Fleurs du mal*) 序诗。
[即“伪善的读者！——我的同类——我的兄弟！”该诗力言人类最大的罪愆在于厌倦。——译注]

二 弈棋

第 77 行：参阅莎士比亚《安东尼与克莉奥佩特拉》(*Antony and Cleopatra*) 第 2 幕，第 2 场，第 190 行。
[即“她坐的那艘画舫，
像一尊在水上燃烧的发光的宝座”。——译注]
第 92 行：凹形镶板，见维吉尔《埃涅阿斯纪》第 1 部第 726 行：“一盏盏点亮的灯从那黄金镶嵌的天花板上悬垂下来，熊熊的火炬驱走了黑夜。”
[见狄多设宴招待特洛伊城英雄埃涅阿斯的描述。——译注]
第 98 行：林木葱茏的景色。见弥尔顿的《失乐园》第 4 部第 140 行。
[指撒旦眼中见到的、关于乐园的最早的描绘。——译注]
第 99 行：见奥维德的《变形记》第 6 章中的菲罗墨拉。

第 100 行：参阅本诗第三部分第 204 行。

第 115 行：参阅本诗第三部分第 195 行。

第 118 行：参阅韦伯斯特："风还在那门里吗？"

[见约翰·韦伯斯特的戏剧《魔鬼的诉讼》（*The Devil's Law Case*）第 3 幕第 2 场第 162 行。——译注]

第 126 行：参阅本诗第一部分，第 37 行，第 48 行。

第 138 行：参阅米德尔顿的《女人提防女人》。

三　火诫

第 176 行：见斯宾塞（Edmund Spenser，约 1552—1599）的《结婚曲》（*Prothalamion*）。

[斯宾塞于 1596 年为庆贺伍斯特伯爵的两个女儿伊丽莎白和凯瑟琳双双结婚而写的婚礼颂歌。这里的"仙女们"也暗指斯宾塞诗中的女儿。——译注]

第 192 行：参阅莎士比亚《暴风雨》第 1 幕第 2 场。

[该剧第 389—391 行，腓迪南说："我正坐在海滨，／又一次为国王我的父亲的遇难而哭泣的时候／这乐曲便从水面掠过来飘到我身旁……"——译注]

第 196 行：参阅马韦尔《致忸怩的情人》。

[另参阅文中第 185 行译者注。]

第 197 行：参阅约翰·戴（John Day，约 1574—1640）《蜜蜂们的议会》（*Parliament of Bees*）：

"当你突然谛听，你会听见，
"一阵号角和狩猎的喧闹声，
"它将在春天把阿克梯翁带给戴安娜，

“那里一切都会窥见她裸露的肌肤……”

[约翰 · 戴的诗写到阿克梯翁在打猎时，发现贞洁的女神戴安娜正在赤身沐浴，由于他的冒渎，他被神变为牡鹿而被他自己的猎犬所捕获。艾略特在这里把阿克梯翁的命运与斯威尼和波特太太的苟合作对比——斯威尼在艾略特诗中代表鄙俗的世人。而波特太太母女则是第一次世界大战流行歌曲中的妓女。——译注]

第 199 行：这几行诗摘自一首歌谣，但我不知道这首歌谣的由来。我是在澳大利亚的悉尼听到的。

第 202 行：见魏尔伦（Paul Verlaine，1844—1896）的《帕西法尔》(*Parsifal*)。

[魏尔伦的诗中引用了瓦格纳的关于圣杯的歌剧情节，主人公帕西法尔为保持圣杯寻求者所必需的纯洁而克制了他的情欲，终于进入圣杯城堡，治愈了渔王阿姆福塔斯的病，自立为王。歌剧以孩子们在城堡高处歌唱基督赞歌作结。——译注]

第 210 行：葡萄干的索价是“到达伦敦的运费及保险金一概免付”，提货单等则在见票付款后即交予买主。

第 218 行：泰瑞西士虽然仅是一个旁观者，不是戏中“角色”，却是本诗中最重要的人物，他贯穿所有其他人物。正如独眼商人，即葡萄干出售商这个形象融入腓尼基水手一样，后者与那不勒斯的腓迪南王子也并非迥然不同；同样，所有的女人都是一个女人，泰瑞西士身上汇合了两种性别。事实上，泰瑞西士所见到的，也就是本诗的内容实质。以下摘自奥维德的整段诗章在人类学上具有重要的意义：

[艾略特所引为《变形记》第 3 卷，第 322 行起，原引文系拉丁

文，现据《洛布古典丛书》（*Loeb Classic Library*）的英译本译出如下：

“一天朱庇特碰巧酒酣耳热（故事这样说），闲着没事乘着酒兴跟脾气好的朱诺随意开起玩笑来。‘我坚持认为，’他说，‘在做爱过程中你得到的快感要比我们男人享受到的强烈得多。’朱诺则持相反的观点。于是他们决定去请聪明的泰瑞西士裁决。泰瑞西士知道做爱双方的感觉。因为有一次他用他的棍子打了一下正在碧绿的森林里交配的两条蟒蛇，这一下伤害了它们；说来奇怪，他就此从男人变成了一个女人，这样过了七年之久，在第八年他又碰到这两条蟒蛇，便说道：‘既然打了你们有这样的魔力能使打的人改变性别，那么现在我再打你们一次。’说罢便抡起棍子向蟒蛇打去，他又恢复了原来的形象，变回了他生来的性别。所以他被这两位天神请来给他们这场戏谑的争论作出仲裁，他支持朱庇特的论点。据说，朱诺因此大为伤心，她本来不该如此，也不值得为这种争论伤心，她竟然判处仲裁人永远成为瞎子。但是朱庇特这位全能的天父（因为没有一位神可以挽回另一位神的决定）给了泰瑞西士能预知未来的力量，以补偿他失去的视力，以这种荣誉来减轻他受到的惩罚。”——译注]

第 221 行：这可能不是萨福（Sappho，活动时期约前 610—约前 580）的确切诗句，但我记得在黄昏时分回来的是“近海的”或者“平底小渔船”的渔夫。

第 253 行：见哥尔德斯密斯（Oliver Goldsmith，1730—1774）的小说《威克菲尔德的牧师》（*The Vicar of Wakefield*）中的歌曲。

[《威克菲尔德的牧师》中奥列维亚唱道：“当美丽的女人屈尊

干了蠢事以后／发现男人忘恩负义已为时太晚／有什么魔力能慰藉她的忧伤，／有什么技巧能洗去她的内疚？／要隐藏她的内疚／在众目睽睽下掩盖自己的羞愧，／而使她的爱人感到悔恨并且心中难过，／唯一的办法——是去死。”——译注]

第 257 行：见《暴风雨》，如引文。

第 264 行：我认为殉道者圣马格努斯教堂的内部建筑是克里斯托弗·雷恩爵士（Sir Christopher Wren，1632—1723）的最佳的内部建筑之一。参阅《拟议拆毁的十九个市内教堂》（*The Proposed Demolition of Nineteen City Churches*，P. S. 金父子出版公司）。

[雷恩是英国建筑家。教堂建于一六七六年，迄今尚在，位于下泰晤士河和鱼街拐角，在伦敦桥和伦敦鱼市之间。——译注]

第 266 行：（三个）泰晤士河女儿之歌由此开始。从第 292 行到第 306 行为她们轮流说的话。见《众神的黄昏》（*Götterdämmerung*）第 3 幕第 1 场：莱茵河女儿们。

[《众神的黄昏》系瓦格纳的歌剧《尼伯龙根的指环》（*Der Ring des Nibelungen*）的第 4 部。其时莱茵河女儿们正为哀悼失去莱茵河的黄金宝藏而歌唱，泰晤士河上过去的和今天的姑娘同时提及，意在反映一个卑劣、贪欲的荒芜世界。诗人以此与莱茵河姑娘并列，在于哀悼当代伦敦的沉沦。——译注]

第 279 行：见弗劳德（James Anthony Froude，1818—1894）的《伊丽莎白》（*Elizabeth*）第 1 卷第 4 章，德·夸德拉致西班牙的菲利普的信：

“下午我们在画舫上观看河上的游戏。（女王）单独和罗伯特勋爵在一起，我本人则在船尾的高甲板上，这时他们开始胡言乱语起来，最后罗伯特竟然说，我当时在场，只要女王乐意，没有理由他们俩不能结婚。”

第 293 行：参阅《神曲 · 炼狱篇》第 5 歌第 133 行：

“你务必要记住我，我就是拉 · 比亚，

我在西挨那生，我在马累玛身亡。”

[这里是艾略特对原诗的戏拟。——译注]

第 307 行：见圣奥古斯丁（St. Augustine，354—430）的《忏悔录》（*Confessions*）：“后来我来到了迦太基，那里是一只充塞着形形色色邪恶的性爱的大锅整天价在我耳边嗡嗡作响。”

第 308 行：引自佛教的《火诫》（*Fire Sermon*，其重要性相当于耶稣的“登山宝训”）。全文见亨利 · 克拉克 · 沃伦（Henry Clarke Warren，1854—1899）的《英译佛教》（*Buddhism in Translation*，哈佛东方丛书）。沃伦先生是开创西方佛教研究的先驱之一。

[耶稣的“登山宝训”见《圣经 · 新约 · 路加福音》第 6 章第 20—49 节；《圣经 · 新约 · 马太福音》第 5—7 章。艾略特在这条注释中提到的佛教的《火诫》大意是，佛陀告诫僧徒一切皆在“燃烧……眼睛……在燃烧；各种形状皆在燃烧，眼睛的意识在燃烧；眼睛所见的印象在燃烧……其根源为情欲之火，愤恨之火，迷恋之火。为生老病死，为哀愁苦恼绝望而燃烧”。——译注]

第 309 行：仍引自圣奥古斯丁的《忏悔录》。这里把东方和西方这两位苦行主义的代表并列，作为本诗这一部分的高潮，并不是出于偶然的。

五　雷霆的话

第 5 部分的第 1 段运用了三个题材：前往以马忤斯的旅程，向“濒临毁灭的教堂”的行进（见韦斯顿女士的书）以及目前东欧的衰落。

第 357 行：这是一种属于蜂鸟类的画眉，我在加拿大魁北克省曾听到过。查普曼（Frank Chapman，1864—1945）说［见《北美东部的鸟类手册》（*Handbook of Birds of Eastern North America*）］：“这种鸟最喜欢栖居在隐蔽的林地和灌木丛中……它的鸣叫并不以啭鸣多变或声音嘹亮见胜，但音色纯净而且极为甜美，无出其右。”它滴水声般的歌唱确是令人赞赏。

第 360 行：以下这几行是受了一篇南极探险记［至于是哪篇我已忘记，但我想是沙克尔顿（Ernest Shackleton，1874—1922）的那篇］的激发而写出的，文中说，这支探险队在筋疲力尽之际，始终有一个幻觉：比他们实际能点出的人数总是多了一个成员。

第 366—376 行：参阅赫尔曼 · 黑塞（Herman Hesse，1877—1962）的《混乱中的一瞥》（*Blick ins Chaos*）：“半个欧洲，至少半个东欧，已经驶在混乱的道路上，它们怀着神圣的幻想，醉醺醺地驾着车子沿着深渊驶去，嘴里还哼着曲子，就像德米特里 · 卡拉马佐夫唱圣歌那样。感情受到伤害的资产阶级嘲笑这些歌曲，圣人和先知则噙着泪水谛听。”

第 401 行：“Datta，dayadhvam，damyata”（给予，同情，克制）。关于雷霆所具有的这种涵义的寓言见《大林间奥义书》（*Brihadaranyaka Upanishad*），第 5 卷，第 1 章。译文见多伊森

(Paul Deussen，1845—1919）的《吠陀中的六十篇奥义书》(*Sechzig Upanishads des Veda*)，第 489 页。

[吠陀是印度最古老的宗教文献和文学作品的总称。《奥义书》是用散文或韵文阐发古老吠陀文献的思辨著作，代表吠陀传统的最后阶段。在印度关于“三个伟大的门徒”的寓言中，造物主神告诫众神要“克制”他们肆意妄为的本性；告诫人类，尽管他们生来吝啬，要“给予”穷人以施舍；告诫残忍的魔鬼要“同情”。“至今上苍仍然以雷霆的‘哒’‘哒’‘哒’(DA) 重复着这个训诲……因此一个人应该践行这三条：自我克制、给予和同情。”——译注]

第 407 行：参阅韦伯斯特的《白魔》第 5 幕第 6 场。

“他们要重新结婚了
在蛆虫蛀破你们的裹尸布，蜘蛛
给你们的墓志铭蒙上一袭轻纱以前。”

第 411 行：参阅《神曲 · 地狱篇》第 33 歌第 46 行：

“我听到了下面那可怖的
塔楼的出口锁上了。”

[这是叛徒乌哥利诺伯爵在地狱中对但丁的述说，他告诉但丁他的敌人把他和他的儿孙们一起关进塔楼而最终被活活饿死。——译注]

还可参阅弗 · 赫 · 布拉德利（F. H. Bradley，1846—1924）的《现象和实在》(*Appearance and Reality*)，第 306 页。

“我的外部感觉与我的内心思想感情一样，是属于我个人的。在这两种情况下我的经验都是限于我自己的圈子，一个与外界隔绝的圈子之内；而且每个领域由于它所有的成分都是一样的，因此对于它周围的其他领域来说也是看不透的……简单地说，作为一个表现在灵魂中的存在，每个人的全部世界对灵魂而言都是特殊的和秘密的。”

第 424 行：见韦斯顿的《从祭仪到传奇》（*From Ritual to Romance*）中关于渔王的一章。

[诗中的“我”坐在岸边作钓鱼（寻求新生、拯救、永恒）的象征动作，而背后则是荒原，他不知道能否安排好自己的事务，但希望“至少”能有所成效。——译注]

第 427 行：见《神曲 · 炼狱篇》第 26 歌第 148 行。

[第 26 歌第 145 行至 148 行为：

“现在我凭着引导你攀上那
阶梯顶端的‘至善’之名，向你祈求，
请你务必及时记起我的痛苦。”
说罢他隐入把他精炼的烈火中。

引号中的这句话是阿尔诺 · 达尼埃尔在炼狱中对但丁说的。——译注]

第 428 行：见《维纳斯的守夜》（*Pervigilium Veneris*）。参阅第二和第三部分中关于菲罗墨拉的描述。

[这首约四世纪时的拉丁无名诗人的诗歌包含一首对维纳斯的赞歌和对春天的描述。最后两节回忆起忒瑞俄斯和菲罗墨拉的神话，不过这里菲罗墨拉已变成了燕子。菲罗墨拉问道：“什么时候我才会像燕子那样，/那时我可以不再缄默呢？”——译注]

第 429 行：见吉拉尔德 · 德 · 内瓦尔（Gérard de Nerval，1808—1855）的十四行诗《被剥夺了权利的人》（*El Desdichado*）。

[诗中诗人把自己与在毁圮的塔楼中的阿基坦王子相比。——译注]

第431行：见基德的《西班牙悲剧》(*Spanish Tragedy*)。

[托马斯·基德(Thomas Kyd，1558—约1594)的剧作，伊丽莎白王朝早期的一部复仇悲剧，副题是“希罗尼摩又发疯了”。希罗尼摩的儿子被杀害了，为了替儿子报仇他佯装发疯。他受命写出一部剧本，供宫廷娱乐演出，他回答道：“嘿，我会使你中意的。”(第4幕第1场第67行)希罗尼摩同时指派角色，从而在演出过程中将谋杀儿子的凶手杀死。——译注]

第433行：Shantih。如这里重复的一样，这是每篇《奥义书》的正式结束语。我国语言中与这个词相当的是“出人意外的平安”(The Peace which passeth understanding)。

[艾略特在此注中将Shantih释为英语中的“The Peace which passeth understanding”，系引自《圣经·新约·腓立比书》第4章第7节：“神所赐出人意外的平安，必在基督耶稣里保守你们的心怀意念。”——译注]

汤永宽 译

空　心　人[①]

1925

库尔兹先生——他死了。②

---

① 这首诗常被认为是艾略特描写精神空虚的“现代人”的代表作。悲观和虚无主义色彩弥漫在整首诗里，但也有批评家认为正因为艾略特不满于现状，才使这首诗有一种批判的高度。

第一段围绕着英国的一个焰火庆祝仪式展开。篇首的“老家伙”指的是福克斯(Guy Fawkes，1570—1606)，他在1605年试图炸毁国会大厦的阴谋中被捕，以后英国人民就在每年11月5日那天举着模拟他的稻草人，放焰火庆祝，孩子们则用这种空心人向家长要一两个便士玩。艾略特首先暗示现代人其实只是空心人，然后又将真正的福克斯——迷失的、狂暴的人，与现代人对比。现代人虽活犹死，在死亡的王国里。

第二段描写了空心人和现实的关系，那些有“笔直的目光”所能见到的，但诗人还是遇不到那种眼睛；在这个虽生犹死的王国里，一切都是折射的、破断的。诗人希望别再在这里走前一步了，还不如孩子手中的空心人，披上像“老鼠的外衣”等等。

第三段，死亡王国里对空心人的迷信，“消逝中的星星”又暗示着与真正的现实的距离。“独自醒来”，其实还并不意味诗人已走出这个死亡的王国，只是认识到了这一切。

第四段中，没有任何眼睛，也就没有任何景象。只有多瓣的玫瑰——宗教的象征——才是空心人的希望，玫瑰和但丁的《神曲》中描写的玫瑰相呼应。

第五段，什么是现状？围着仙人掌走是象征性的，阴影落在一切事物之中。空心人的生活是如此可怜，世界在这儿不光彩地告终。

② 出自康拉德(Joseph Conrad，1857—1924)的小说《黑暗的心》(*Heart of Darkness*)。

空　心　人

给那老家伙一个便士[1]

一

我们是空心人
我们是稻草人
互相依靠
头脑里塞满了稻草。唉！
当我们在一起耳语时
我们干涩的声音
毫无起伏，毫无意义
像风吹在干草上
或像老鼠走在我们干燥的
地窖中的碎玻璃上。

有声无形，有影无色
瘫痪了的力量，无动机的姿势
那些已经越过界线[2]
目光笔直，到了死亡另一个王国的人

记得我们——如果稍稍记得的话——不是
作为迷失的狂暴的灵魂，而仅是
作为空心人
作为稻草人。

二

我不敢在梦里见到的眼睛[③]
在死亡的梦的王国里
这些眼睛没有出现：
那里[④]，眼睛是
一根断裂的柱子上的阳光
那里，是一棵树在摇晃
而种种嗓音是
风里的歌
比一颗消逝中的星
更加遥远，更加庄严。

在死亡的梦的王国里
让我别再移近

---

① 这是孩子们向父母要钱时的话，老家伙即指福克斯，福克斯的形象在诗中多次暗示性地出现，第 10 行中“干燥的地窖”、第 16 行中“狂暴的灵魂”，以及第五章中描写的影子的运动，都是与他有关系的。

② 艾略特这里显然受到了但丁的影响。但丁在《神曲》历程中经历了三个不同的区域：地狱、炼狱、天堂。空心人似乎应是地狱中的人。

③ 在《神曲》中，但丁不敢与贝雅特丽齐的眼睛相视，因为那使他想起他对她的世俗之爱以及不忠。

④ 死亡的梦的王国里的幻景。

让我还穿戴上
这些费尽心机的伪装
老鼠的外衣，乌鸦的皮毛，划掉的诗节
在一片田野里
移动像风那样移动
别再近些——

不是在暮色的王国里
那最后的相逢[①]

三

这是死去的土地[②]
这是仙人掌的土地
这里升起石像
这里它们接受
一个死人的手的哀求
在一颗消逝中的星星的闪烁下

它是这样的吗
在死亡的另一个王国里
独自醒来
在那个时刻——我们

---

① 但丁最后见到贝雅特丽齐了，但对他这是一次充满畏惧的相逢，因为他想起了自己的过失。
② 这是“荒原”的景象，石像指异教崇拜。

因为柔情而颤抖不停
本想接吻的唇
将祈祷形成了碎石

四

眼睛不在这里
这里没有眼睛
在垂死之星的山谷里
在这个空空的山谷里
我们失去的王国的破损的下颚

在这最后的相逢之地
我们一起摸索
我们躲避言语——
被聚在河水暴涨的沙滩上

一无所见，除非
眼睛重新出现
像死亡的暮色王国中的
永恒的星星
多瓣的玫瑰
空洞洞的人
才有的希望

五

这里我们围着仙人掌走
仙人掌,仙人掌
这里我们绕着仙人掌走
在早晨五点钟①

在思想
和现实中间
在动机
和行为中间
落下了阴影
　　　　　　因为你的是王国

在概念
和创造中间
在情感
和反应中间
落下了阴影
　　　　　　生命十分漫长

在欲望
和痉挛中间

---

① 这节是对童谣《这里我们围着桑椹林走》(*Here We Go Round the Mulberry Bush*)的戏仿。

在潜在
和存在中间
在精华
和糟粕中间
落下了阴影

因为你的是王国

因为你的是
生命是
因为你的是

世界就是这样告终
世界就是这样告终
世界就是这样告终
不是嘭的一响,而是嘘的一声。

裘小龙　译

灰星期三[1]

1930

① 按基督教的算法，这是四旬斋的第一天，即3月21日复活节的前四十天。四旬斋的四十天需斋戒和忏悔（星期日除外），纪念耶稣在荒野中度过四十天，战胜撒旦对他的引诱。在四旬斋里基督教徒忏悔他们过去的罪恶，摆脱尘世的诱惑，潜心于上帝的教诲。教堂为灰星期三举行的仪式通常是由一个教士在一个普通人的前额撒上十字架形的灰，并说："记着，人啊，你来自尘土，还将归于尘土。"

一般认为，这首诗标志着艾略特最终转向天主教，诗创作也走向了另一个阶段。1927年，艾略特加入英国国教天主教，并入了英国籍。在《兰斯洛特·安德鲁斯》（*Lancelot Andrewes*）的序言里，他声明："政治上是保皇党，宗教上是英国国教天主教徒，文学上是古典主义者。"不过，艾略特的皈依宗教是比较复杂的。英国作家乔治·奥威尔就认为，艾略特早期作品反映了现代资产阶级社会中人们的绝望，但另一方面"一个人不能老是对生活绝望！一直绝望到成熟的晚年……或早或晚不得不对生活和社会采取一种肯定的态度"。这段话颇能说明艾略特精神上无比苦闷，只能到宗教中寻找安身立命之处的困境，而这在诗里也是多少流露出来了的。诗中的"我"可以认为即诗人自己，全诗的统一性也就在于诗自始至终是通过"我"这个视角观察的。第一章中的"我"摒弃了人世中的种种希望，因为认识到神的力量而感到欢欣。第二章写了爱欲的摒弃，诗中的豹是死亡的象征，也是一种吸引力，作为爱的反衬，促人深思。第三章中的"楼梯"很自然地使人想到向上的精神历程，但人是软弱的，这个历程绝非易事。第四章故意以含混的句法开始，大致上是说人与上帝沟通的困难。第五章讨论"道"与现代世界的关系；"道"也就是上帝，上帝的声音本可以在许多场合听到，但现代世界的生活方式使人们远远离开了"道"，而世界还是围绕着这个"道"在旋转。第六章是第一章更高的回旋，开始的几行把"虽然"换去了"因为"，暗示认识真理后的谦卑态度；"白色的船帆依然飞向海的远方"，表明诗人的精神复苏、重新进入了生活。

一

因为我不再希望重新转身
因为我不再希望
因为我不再希望转身
觊觎这个人的天赋和那个人的能量[①]
我不再努力为得到这些东西努力
(为什么年迈的鹰还要展翅？[②])
为什么我要为寻常的王朝
消失了的威力悲伤？

因为我不再希望重新知道
确凿的时刻的虚弱光芒[③]
因为我不再思想
因为我知道我将不会知道
那唯一真正转瞬即逝的力量
因为我无法畅饮，那里
群树生花，小溪流淌，因为那里空无一物

因为我知道时间永远是时间
地点始终是地点并且仅仅是地点
什么是真实的只真实于一次时间
只真实于某一个地点
我对事物的现状感到欢欣

我拒不承认那张受到祝福的脸
拒不承认那个声音
因为我不能希望重新转身
于是我欢欣，不得不去建成
在此之上欢欣的东西

向上帝祷告赐予我们怜悯
我祷告我能忘却
那些我与自己讨论得太多
解释得太多的事情
因为我不再希望重新转身
就让这些话答复吧
因为那已经做的，不会再做一遍
祈愿对我们的判决别太沉重④

因为这些不再是翱翔的翅膀
而仅仅是拍击空气的东西
空气现在彻底渺小和干燥
比意志更为渺小和干燥
教我们操心或不操心

---

① 参见莎士比亚十四行诗第 29 首："觊觎这个人的艺术和那个人的能量。"描绘诗人孤身独处时痛苦烦乱的心境，但一想到他的爱人，悲哀就变成了欢乐。艾略特引用这行诗暗示他在宗教中得到了安慰。

② 中世纪的基督教传说，鹰到了老年能在阳光和泉水中重新恢复青春，这象征着皈依上帝，通过洗礼获得精神上的新生。

③ 这句话可能出自弗吉尼亚 · 伍尔夫的小说《黑夜与白昼》（*Night and Day*），艾略特借以形容尘世的一切的不稳定性、不持久性。

④ 指亚当和夏娃在伊甸园中犯了原罪而被逐出，人类从此都背上了负担。

教我们坐定。

现在为我们这些罪人祷告，在临终的时刻为我们祷告[①]
现在为我们祷告，在临终的时刻为我们祷告。

① 罗马天主教祷告中的原话。

二

夫人，三只白色的豹子蹲在一棵桧树下[①]
在白昼的阴凉中，已经吃得饱厌[②]
哦，在我的腿上我的心上我的肝上还有
在我头脑[③]圆圆的空洞所容的物质上。上帝说
这些骨头是否会活下去？这些
骨头是否会活下去？而那包容在
骨头（骨头已经干了）中的东西嘁嘁喳喳说：
因为这位夫人的美德
因为她的魅力，因为
她在沉思中归荣耀于圣母马利亚，
我们光彩焕发。而在这里伪装起来的我
将我的事迹献给遗忘，将我的爱情
献给沙漠的后裔和葫芦的果实。
正是这使我重新得到
我的勇气我眼睛的神经和豹子摒弃的
消化不了的部分。这位夫人退回，身穿
白色长袍，沉思默想，身穿白色长袍。
让骨头的雪白来抵偿健忘。
其中没有生命。就像我现在被人遗忘，
将来被人遗忘，于是我就遗忘
这样虔诚不已，目的专注。上帝说[④]

给风的预言，只给风，因为只有
风会倾听。骨头嘁嘁喳喳
因为蚱蜢的负担[5]，唱着

寂静的夫人[6]
安宁而苦恼
撕碎而完整
记忆的玫瑰[7]
遗忘的玫瑰
精疲力竭而生机洋溢
焦虑而恬静的
唯一的玫瑰
现在就是花园
那里所有的爱情结束
没有满足的爱情的
最终的折磨
满足的爱情的更大的折磨
没有尽头的不停的

---

① 参见《圣经·旧约·列王纪上》第 19 章第 1—13 节。以利亚因杀众先知而遭耶洗别以死威胁。他走入荒野，在一棵桧树下祈求上帝赐他一死，相反，上帝给了他食物。

② 据《圣经》，豹子是执行上帝摧毁使命的使者，但这行诗的含意很模糊，曾有评论者问艾略特本人，意思到底是什么，艾略特只是重复了这句诗。

③ 参见《圣经·旧约·以西结书》中，上帝对以色列人的精神复活所作的预言。

④ 据《圣经》，先知的预言被忽视，遂向大地致词，因为只有风听他的话。

⑤ 艾略特语意双关地引用《圣经·旧约·传道书》第 12 章第 5 节的一句话“蚱蜢成为重担”（瘟疫），这里的“负担”又指骨头的歌声。

⑥ 下面三行诗模仿天主教对圣母马利亚的连祷词中的话。

⑦ 在连祷词中，圣母马利亚被喻为玫瑰，不过玫瑰是艾略特诗中经常出现的一个意象，象征的意义又随上下文而有所变化。

旅程的尽头
无法结论的
一切的结论
没有词的语言以及
不是语言的词
光荣归于圣母
因为在那花园
爱情结束一切。

在一棵桧树下那些骨头歌唱着，四散闪光
我们高兴到处四散，相互不做好事
在白昼的阴凉中，在一棵树下，还有沙的祝福，
忘却自己和对方，统一于
沙漠的静谧中。这是你将用抽签来①
划分的土地。划分和统一
都无足轻重。这是土地。我们有我们的遗产。

① 参见《圣经·旧约·以西结书》的有关章节，上帝要以西结联合约瑟夫等分裂的部落。

三

在第二节楼梯的第一个弯子上
我转过身，往下看到
在恶臭的空气烟雾中
那同一个形状扭曲在楼梯扶手上
与恶魔一般的楼梯搏斗着——那楼梯[1]
有一张骗人的希望和绝望的脸庞。

在第二节楼梯的第二个弯子上
我离开依然在下面扭曲、转身的一切；
再无什么脸庞，楼梯一片漆黑，
潮湿，粗糙，就像个老人的嘴淌着口水，无可救药，
或是一条年迈的鲨鱼的长着牙齿的食道。

在第三节楼梯的第一个弯子上
是一扇有槽的窗，鼓鼓的像无花果
越过山楂花和牧场风光，那一边
一个穿蓝绿衣服的宽肩膀的人
用一支古色古香的长笛为五月时光增添魅力。
吹起的汗毛多甜蜜，棕色的汗毛在嘴上，
紫丁香和棕色的汗毛；
心神烦乱，长笛之音，思想在第三节楼梯上的停顿和迈
　　步；

渐隐，渐隐；希望和绝望之外的力量，
登上第三节楼梯。

主啊，我毫无价值[2]
主啊，我毫无价值
　　　　　　但只要说了这话。

---

① 艾略特在论法国哲学家布莱兹·帕斯卡尔（Blaise Pascal，1623—1662）的文章中曾说过："像恶魔一般的怀疑是信仰之精神所不可分割的。"这里的楼梯是一个象征，象征人们寻找宗教的拯救历程，但在这个历程中，人会怀疑神的存在。

② 参见《圣经·新约·马太福音》第8章第8节："主啊，你到我舍下，我不敢当；只要你说一句话，我的仆人就必好了。"

四

谁在紫罗兰和紫罗兰[①]丛中漫步
谁漫步在
郁郁葱葱的不同行列中
一会儿白一会儿蓝，一会儿显出马利亚的颜色[②]
谈着琐碎的事情
在永恒的悲哀的无知和熟知之中[③]
谁在他们漫步时在其他东西中走动，
那么谁使泉水奔放，使春天清新

使干燥的岩石凉爽，使沙土坚定
在飞燕草的蔚蓝中，马利亚颜色的蔚蓝，
留神啊[④]

这里是漫步在其中的岁月，始终
携带着长笛和提琴，使
在睡着和醒着的时间中走动的人复苏，披着
笼罩着、覆盖着她那白色的光，裹了起来。
新的岁月漫步，用一片灿烂的
云彩似的泪水使岁月复苏
用一种新的诗句使那古老的节奏复苏，拯救
时间，拯救[⑤]

更高的梦里未曾读到的景象[⑥]
而戴珠宝的独角兽在镀金的尸车旁行走。

无声的修女蒙着蓝白的面纱[⑦]
在紫杉中，在果园神[⑧]的后面，
神的长笛喘气，她垂头叹气，但无言
然而泉水跃起，鸟声低下
拯救时间，拯救梦境
这个道的标志未听到，未说出

直到风从紫杉中抖出一千声耳语

在此之后是我们的流放[⑨]

---

① violet，教堂做礼拜时代表忏悔和代祷的颜色。
② Mary's color，教堂做礼拜时代表圣母马利亚的颜色。
③ 参看《神曲 · 地狱篇》第 3 歌。
④ 原文为意大利文，Sovegna vos。出自《神曲 · 炼狱篇》第 26 歌中阿尔诺 · 达尼埃尔对但丁说的话，要他回到人世时，记住他在阴间因为情欲所受的惩罚。
⑤ 艾略特在论文《关于兰姆斯的思想》中的一段话可以作这行诗的注解："拯救时间，这样信仰就在我们面前的黑暗时代中保存下来，重新建设文明，给它新的生命力，将世界从自杀中拯救出来。"
⑥ 在《神曲》中但丁看到一辆独角兽拉的车载着他的爱人贝雅特丽齐，艾略特在论文《但丁》中写道："它属于我称之为高级的梦的世界，而现代世界仿佛只能有低级的梦。"
⑦ 在但丁得到允许看贝雅特丽齐美丽的脸庞前，贝雅特丽齐是蒙面纱的。
⑧ garden god，实际上是希腊神话中的丰收之神，其雕像常见于花园中，但下行"神的长笛"指的则是牧羊神潘的笛声。
⑨ 天主教的一句祷告词。

五

如果失去的词是失去了，如果用过的词是用过了
如果听不到，说不出的
词是听不到，说不出的；
依然是那说不出的词，听不到的道
没有一个词的道，在世界内的
和为了世界的道；
光照耀在黑暗中
这个不平静的世界依然旋转着抵抗那道
围绕这个寂静的道的中心。
　　噢，我的人民，我对你们做了什么。[①]
哪里这个道将被找到，哪里这个道
将回响？不在这里，这里远远不够寂静
不在海洋上或岛屿上，也不在
大陆上，或沙漠或多雨的土地上，
因为那些在黑暗中漫步的人
漫步在白昼的时间和黑夜的时间里
正确的时间和正确的地点不在这里
对于那些避开那张脸的人没有恩惠之处
对那些在喧哗中漫步但不听那声音的人没有时间寻欢

蒙着面纱的修女会不会祷告——为
那些在黑暗中漫步的人，那些选择你和反对你的人，

那些在季节和季节，时间和时间，
小时和小时，词和词，力和力中间的角上被撕碎的人，
那些在黑暗中等待的人——祷告？
蒙着面纱的修女会不会祷告——为
那些在门口
不肯走开，也不能祷告的孩童祷告：
为那些选择和反对的人祷告

　　噢，我的人民，我对你们做了什么

修长的紫杉中蒙着面纱的修女会不会祷告——为
那些冒犯她的
惊惶失色的，又不能投降的
在世界面前断言的，在岩石之中否认的人祷告
在最终的蓝色岩石中最后的沙漠之中
花园中的沙漠干旱的沙漠中的
花园，将枯萎的苹果籽从嘴中吐出。

　　噢，我的人民。

---

① 在天主教耶稣遇难仪式中，这原是耶稣在十字架上对人们的责备，后被写入连祷词：“噢，我的人民，我对你们做了什么？在哪件事情上我伤害了你们？因为我将你们带出了埃及的土地，而你们为你们的拯救者准备了一个十字架？”

六

虽然我再不希望重新转身
虽然我再不希望
虽然我再不希望转身

在得失之间犹豫不定
在短暂的运行中，那里梦越过
诞生和死亡之中的梦笼罩的暮色
(祝福我父亲) 虽然我不再希望对这些东西抱有希望
从宽敞的窗户通向花岗岩的海岸
白色的船帆依然飞向海的远方，海的远方
不能折断的翅膀

在失去的紫丁香和失去的海浪声中
那颗失去的心渐硬又欢欣，
微弱的精神加速背叛
因为那弯弯的金色杆子和失去的海洋味
加速收回
鹌鹑和飞徜的啼唤
瞎了的眼睛
在象牙门的中间塑造空空的形式[①]
气味使有着沙土的盐味复新

这是死亡与诞生之中一个紧张的时刻
三个梦在蓝色的岩石中越过的
寂寞的地方
但当从这棵紫杉摇下的声音飘远
让另外的紫杉震动并且回答。
幸福的姐妹，神圣的母亲，泉水之灵，花园之灵，
不让我们用谎言来嘲笑我们自己
教我们操心或不操心
教我们坐定
甚至在岩石之中，
我们安宁在他的意志之中②
甚至在这些岩石之中
姐妹，母亲
河流之灵，海洋之灵
别让我被分离开来③

让我的喊声来到你的身边。④

裘小龙　译

① 参见维吉尔《埃涅阿斯纪》中一段描写：“虚假和骗人的梦从冥世的象牙门中走向人间。”
② 引自但丁的《神曲·天堂篇》第3歌。
③ 天主教古祷词《耶稣的灵魂》（*Anima Christi*）中的一句。
④ 参见《圣经·旧约·诗篇》第102章第1节。

四首四重奏

焚毁的诺顿

纵然语言为人所共有，但多数人立身处世
仿佛各有其道。
向上的路和向下的路是完全一样的。[①]

一

现在的时间和过去的时间
也许都存在于未来的时间，
而未来的时间又包容于过去的时间。[②]
假若全部时间都永远存在
全部时间就再也无法挽回。[③]
过去可能存在的是一种抽象
只是在一个猜测的世界中
保持着一种恒久的可能性。
过去可能存在和已经存在的
都指向一个始终存在的终点。
足音在记忆中回响
沿着那条我们从未走过的甬道
飘向那重我们从未打开过的门

进入玫瑰园[4]。我的话就这样
在你的心中回响。
　　　　但是为了什么目的
要在一缸玫瑰花瓣上搅起尘埃
我却不知道。
　　　　还有一些回声
栖身在花园里。我们要不要去追蹑？
快，鸟儿说，快去寻找它们，去寻找它们，
在花园角落里。穿过第一道门，
走进我们的第一个世界，[5]我们要不要听从
画眉的欺骗？进入我们的第一个世界。
他们就在那儿，[6]神态庄严而不可窥见，
在秋天的燠热里，穿过颤动的空气，
从容不迫地越过满地枯叶，
鸟儿在呼唤，与那隐藏在灌木丛中
不可闻见的音乐相应和，[7]

---

① 上述两段均引自古希腊哲学家赫拉克利特。其主要哲学思想认为世界处于一种恒久的变化过程之中，世界由空气、土、水、火四种元素构成。在古希腊哲学家看来，语言代表理性原则和普遍秩序，而在基督教义中，语言则变为上帝的意志和思想。如《圣经·新约·约翰福音》第1章第1节："太初有道，道与神同在。"道（Word）即语言。

② 参阅《圣经·旧约·传道书》第3章第15节："现今的事早先就有了，将来的事早已也有了，并且神使已过的事重新再来。"

③ 参阅《圣经·新约·歌罗西书》第4章第5节："你们要爱惜光阴，用智慧与外人交往。"《圣经·新约·以弗所书》第5章第15、16节："你们要谨慎行事，不要像愚昧人，当像智慧人。要爱惜光阴，因为现今的世代邪恶。"

④ 玫瑰是性爱与精神爱的象征。玫瑰园，在文艺复兴时期往往是精神纯洁的一种象征，代表圣母马利亚的住所。

⑤ 指童年世界。

⑥ 指成年人，他们为欢乐的孩子们创造一个安全而相亲相爱的世界。

⑦ 参阅济慈《希腊古瓮颂》中"可以闻见的音乐是美妙的/但不可闻见的更美妙动听"。

那没有被人看见的眼光转过去了，因为玫瑰
露出了花容美姿已被人窥见的神色。
他们在那儿仿佛是我们的客人，
受到我们的接待也在接待我们。
他们彬彬有礼地伫立在空寂的小径旁。
于是我们继续前行，走进黄杨木的圆形树丛，
俯身观看那干涸的水池。
干涸的水池，干涸的混凝土，围着褐色的边，
水池里注满了阳光变幻的水，
莲花①升起了，悄悄地，悄悄地，
池面从光芒的中心闪现，
而他们在我们身后，映照在池中。
接着云朵飘过，水池又变为空虚。
去吧，鸟儿说，因为树叶丛中躲满了孩子
他们兴冲冲地藏在那儿，忍住了笑声。
去吧，去吧，去吧，鸟儿说：人类
忍受不了太多的现实。
过去的时间和未来的时间
过去可能存在和已经存在的
都指向一个始终存在的终点。

二

大蒜和蓝宝石陷在泥里

① 莲花是一种高度性爱的象征，特别与印度神话中拉克希米女神（Lakshimi）有关。

阻塞了装嵌的轮轴。[1]
血液中发着颤音的弦
在永不消失的伤疤下歌唱
安抚那久已忘却的战争。
动脉里的舞蹈
淋巴液的环流
都表现为星辰的流驶
在林梢中升向夏天
我们在摇动的树枝上空
在那斑斓的树叶上闪耀的光芒中
移步前行，耳听得下面湿润的土地上
捕捉野猪的猎犬和野猪一如以往
在继续它们追逐的模式
但在群星中又归于和解。[2]

在转动不息的世界的静止点上。既无生灵也无精魂；
无去也无从；在这静止点上，只有舞蹈，
但是无止也无动。可别把它叫作固定不移。
过去和未来就在这里会合。无去无从，
无升无降。只有这个点，这个静止点，

---

① 参阅法国象征派诗人马拉美（Stéphane Mallarmé,1842—1898）的十四行诗《我把自己放进你的故事》第9行至11行：“告诉我如果着到火光闪射的天空中/有轮轴的震雷和蓝宝石/我会不感到欣喜若狂！”瓦莱里（Paul Valéry,1871—1945）认为诗中主人公系驾车夜游，车轮可能实为红色，或为夕阳反射所致。震雷则为车轮辘辘声以及主人公因征服冷漠的情人而兴高采烈。

② 以上一大段抒情诗写一种骚乱而矛盾的经验，引向一种既非静止又非激荡，而是含有静谧和持久双重意义的强烈的静止的生存境界，这种生存境界形象地表现为一种舞蹈。

这里原不会有舞蹈，但这里有的只是舞蹈。
我只能说，我们曾在那儿待过，但我说不出在哪儿。
我也说不出待了多久，因为这样就要把它纳入时间。

内心超脱了现实的欲求，
解脱了行动和苦痛，也解脱了内心
和身外的逼迫，而被围拥在
一种恩宠之感，一道静静移动的
白光之中，徐徐上升①而又凝然不动，集中
而不消散，一个新的世界
和旧的世界都变得清晰可见，
在它部分的狂喜
达到圆满的过程中，才领悟到
它那部分的恐惧已经消失。
但是过去和未来的羁绊
交织在变化着的软弱的躯体中，
卫护着人类既不飞升天国也不堕入地狱
这两者都非血肉之躯所能忍受。
　　　　　　　　　　过去的时间和未来的时间
只容许有少许的意识。
能意识到就不在时间之内
但是只有在时间之内
那在玫瑰园中的瞬间
在雨声淅沥的凉亭里的瞬间

① 原文为德文，Erhebung。

当烟雾降落在通风的教堂里的瞬间
才能忆起；才能与过去和未来相及。
只有通过时间才能征服时间。

三

这是愤怼不满的地方
以前的时间和以后的时间
都沉浸在一片朦胧的光影里：既没有日光
赋予形体以明澈和静穆
把暗淡的阴影化为倏忽易逝的美
以缓慢的旋转暗示人生之悠悠，
也没有黑暗使灵魂净化
剥夺一切以去除感官的享乐
清涤情感以摒绝尘世短暂的情爱。
既非充实也非空虚。只有一抹微光
闪摇在一张张紧张的饱经忧患的脸上
都因为心烦意乱而显得心神不定
脑子里充满了幻想而毫无意义
神情无所专注而极度冷漠
冷风劲吹在时间之前和时间之后
人和纸片都在风中回旋
孱弱的肺叶呼吸出入
在时间之前和时间之后。
不健康的灵魂把嗳出的麻木
吐入枯萎的空气，被风卷带着掠过

伦敦的阴沉的山岗，掠过汉姆斯蒂德
和克拉肯韦尔，坎普顿和普特尼，
海盖特，普林姆罗斯和拉德格特。[①]
不是这里，不是这里的黑暗一片，
不在这颤抖的世界里。[②]

再往下去，只是往下进入
永远与外界隔绝的世界，
是世界又非世界，非世界的世界，
内部黑暗，剥夺了一切
赤贫如洗，一无所有，
感觉已枯竭的世界，
幻想已远走高飞的世界，
精神已失去作用的世界；
这是一条路，另外一条路
也是一样，不在运动之中
而是避开运动；但是世界却怀着渴望
在过去的时间和未来的时间的
碎石子路上前进。

四

时间和晚钟埋葬了白天，

---

① 这些都是伦敦市的区及邻近地区。
② 第三乐章自开首至此，写下沉至伦敦地铁的情景，自此而下至本乐章结束，则写灵魂更深地沉入自我的内在黑暗，或灵魂的黑暗。

乌云卷走了太阳。
向日葵会转向我们吗，铁线莲
会纷披下来俯向我们吗；卷须和小花枝
会抓住我们，缠住我们吗？
冷冽的
紫杉的手指会弯到
我们身上吗？当翠鸟的翅膀
以光明回答光明以后
现在已悄然无声，光明凝然不动
在这转动不息的世界的静止点上。

五

语言，音乐，都只能
在时间中行进；但是唯有生者
才能死灭。语言，一旦说过，就归于
静寂。只有通过形式，模式，
语言或音乐才能达到
静止，正如一只中国的瓷瓶
静止不动而仍然在时间中不断前进。
当乐曲犹余音袅袅，那不是提琴的静止，
不只如此。而是两者共存，或者
说结束先于开始，
结束和开始永远在那儿
在开始之前和结束之后。
万物永远存在于现在。语言

在重负之下，损伤，迸裂，有时甚至破碎，
而在压力之下，要滑跌，溜走，消失，
或者因为措辞不当而腐朽，不会在原处停留，
不会停留不动。尖厉刺耳的声音
叱责，嘲笑或者只是絮聒
但始终在袭击语言。沙漠中上帝的语言
受到的攻击总是试探的声音，①
是葬仪舞蹈中哀声哭喊的影子，
是郁郁不乐的喀迈拉②的高声悲号。

模式的细节是运动，
正如以十级阶梯的形状表现的那样。③
欲望本身就是运动
而不在于它值得想望的本身；
爱本身是静止不动的，
只是运动的原因和目的，
无始无终，也无所企求
除非在时间方面
被纳入了限制的形式
介于存在和不存在之间。
猛然间，在一道阳光中
即使此时有尘灰飞扬

① 指在旷野里对基督的试探，参阅《圣经 · 新约 · 路加福音》第 4 章第 1—4 节。
② Chimaera，希腊神话中的女妖，作为幻想与妄念的象征，后被英雄伯勒罗米所杀。
③ 神秘主义者基督徒圣约翰认为灵魂飞升上天，要经过“神圣之爱的十级神秘的阶梯”。

在绿叶丛中扬起了
孩子们吃吃的笑声
迅疾的现在，这里，现在，永远——
荒唐可笑的是那虚度的悲苦的时间
伸展在这之前和之后。

东 科 克

一

在我的开始中是我的结束[1]。隆替演变
屋宇建起又倒坍、倾圮又重新扩建，
迁移，毁坏，修复，或在原址
出现一片空旷的田野，或一座工厂，或一条间道。
旧石筑新楼，古木升新火，
旧火变灰烬，灰烬化黄土，而黄土如今已化为肉，毛，粪，
人和兽的骨，麦秆和绿叶。
屋宇有生也有死：有建造的时候
也有供生活和繁衍生息的时候，
有给大风吹落松弛的窗玻璃
摇动田鼠在来回奔驰的护壁板
吹起绣着沉默的箴言的破挂毡的时候。

在我的开始中是我的结束。此刻阳光
掠过空旷的田野而隐去，留下深巷
任繁密的树枝把它掩住，你在暮色苍茫中
倚着岸堤，一辆货车从身边驶过，

深巷固执地向村里伸展，在炙人的暑热中
村子已催入梦乡。在暖烘烘的氤氲里那燠热的光
被灰色的石头吸收了，而不是折射。
大丽花丛沉睡在空阒的寂静中。
等待着早来的枭鸟。

在空旷的田野

假如你不走得太近，假如你不走得太近②，
在一个夏天的夜半，你就能听到
那轻柔的笛子和小鼓的音乐，
看见他们围着篝火跳舞，
男人和女人结对而舞，这是在举行婚礼——
一种庄严而方便的圣礼。
一双双一对对，必然的结合，
他们互相手拉手或臂膀挽着臂膀
表示情投意合③。一圈又一圈地围着篝火
或加入舞伴们的圆圈，或穿过熊熊火焰
婆娑起舞，质朴而严肃，或发出村野的笑声
提起穿着笨拙的鞋子的沉重的脚，
泥脚，沾着沃土的脚，

---

① 苏格兰女王玛丽·斯图亚特的箴言："在我的结束中是我的开始。"这里开首第一句诗人反用其意，而至本诗最后一句又返归原义。玛丽·斯图亚特（Mary Stuart，1542—1587）于出生六天后即苏格兰女王位，后因阴谋刺杀英国伊丽莎白女王而被处决。

② 以下一大段写夏天的夜半，"男人和女人匹配成婚"的时候，村里农民按照古老的仪式围着篝火狂欢起舞，通宵达旦。此时此地则只是诗人遐想往昔的幻景，因此，"假如你不走得太近"，不惊扰这些欢乐的人群，"你就能听到/那轻柔的笛子和小鼓的音乐……"

③ 以上五行原文为都铎王朝时期（1485—1603）英语。艾略特在致友人信中称，原文引自东科克村艾略特家族远祖托马斯·艾略特爵士所著《总督》一书。

沉浸在村野的欢乐——那久远以来
在地里滋育谷物的人们的欢乐之中。
他们按着音乐的节奏合拍地跳着
就像他们按着生命的不同季节安排生活一样。
有四季更替和星辰出没的时间
有挤奶的时间和收获的时间
有男人和女人匹配成婚的时间
也有野兽交配的时间。两脚提起和放下。
吃和喝。拉撒和死亡。

东方破晓，另一个白天
又为炎热和寂静作准备。晨风在海上
吹起了波纹，掠海而去。我在这里
或在那里，或在别处。在我的开始中。

二

迟留的十一月
需要春天的困扰吗?
需要夏暑的创造物
和那脚下缠绕的雪花[①]吗?
需要那一心想扶摇直上
却由红变灰终于跌落下来的蜀葵，
需要那盖满了初雪的凋零的玫瑰吗?

---

① 指雪花莲属植物，初春开白花。

流驰的星星敲响了雷声隆隆
好似意气扬扬的战车
部署在群星会集的战斗中。
天蝎星攻打太阳
直打得太阳和月亮沉落
彗星暗暗哭泣而流星飞驰
追逐在一阵旋风中旋转的苍穹和大地
在冰雪君临大地之前旋风就将把世界
卷向燃烧着的毁灭之火。

这不失为一种表达方式——但不太令人满意：
用一种陈旧的诗歌形式进行一次转弯抹角的研究，
而把人们始终留在一场跟语言和涵义
作无法容忍的扭打中。诗歌无关宏旨。
这并不是（重新开始）人们过去所期待的。
人们多年期待的东西，它的价值将是什么，
多年企望的平静，秋天般的平静
和老年的睿智，这一切又将有什么价值？
音容消寂的前辈
他们遗赠给我们的只是欺骗的诀窍，
他们是骗了我们还是骗了他们自己？
平静不过是一种有意的愚騃，
睿智不过是懂得一些已经失效的秘诀，
对他们在黑暗中窥视黑暗
或置黑暗于不顾都没有什么用处。
在我们看来，来自经验的知识

似乎只有一种有限的价值。
知识把一个模式强加于人，然后欺骗人，
因为模式在每一瞬间都是新的
而每一瞬间又都是对我们以往的一切
作出一次新的骇人的评价。我们只是因为欺骗
已不再能伤害我们，才没有受骗而已。
在人生的中途，不仅在旅程的中途①
而且是全部历程，我们都在黑暗的森林中，荆棘中，
在沼泽的边缘，那里没有安全的落脚点
而且受到各种魔怪和虚幻的光明的威胁
引诱你去冒险。别让我听取
老年人的睿智，不如听到他们的愚行，
他们对恐惧和狂乱的恐惧，他们对财产的恐惧，
对属于另一个人，属于别人或属于上帝的恐惧。
我们唯一能希冀获得的睿智
是谦卑的睿智：谦卑是永无止境的。

屋宇房舍都已沉入大海。

跳舞的人们都已长眠山下。

---

① 参阅但丁《神曲 · 地狱篇》开首第一歌："就在我们人生旅程的中途，……"

三

啊　黑暗　黑暗　黑暗。他们都走进了黑暗，[1]
空虚的星际之间的空间，空虚进入空虚，
上校们，银行家们，知名的文学家们，
慷慨大度的艺术赞助人，政治家和统治者，
显要的文官们，形形色色的委员会主席们，
工业巨子和卑微的承包商们都走进了黑暗，
太阳和月亮也暗淡无光了，哥达年鉴[2]
证券市场报和董事姓名录都黯然失色了，
感觉冷却，行动的动机也已经消失。
于是我们大家和他们同行，走进肃静的葬礼，
不是谁的葬礼，因为没有谁要埋葬。
我对我的灵魂说，别作声，让黑暗降临你的身上
这准是上帝的黑暗。正如在剧场里
为了变换场景，灯光熄灭了，
舞台两厢一阵沉重的辘辘声，在黑暗里
随着一番黑暗的动作，我们知道
群山，树林，远处的活动画景
还有那显目而堂皇的正面装设都在移走——
或者像一列地铁火车，在地道里，在车站与车站之间停
　　得太久

---

① 参阅弥尔顿《力士参孙》第80—82行："啊黑暗，黑暗，黑暗，在炫目的正午/无法挽回的黑暗，没有一丝白昼的希望/全部黑暗的日食！"

② Almanach de Gotha，1764年起在德国哥达出版的一种记述各国王室、贵族情况的权威性资料。

旅客们交谈之声纷起，又逐渐消寂于静默，
而你在每张脸孔后面看到内心的空虚正在加深
只留下没有什么可想的恐惧在心头升起；
或者像上了麻醉以后，头脑清醒却无所感觉——
我对我的灵魂说，别作声，耐心等待但不要寄予希望，
因为希望会变成对虚妄的希望；
耐心等待但不要怀有爱恋，
因为爱恋会变成对虚妄的爱恋；纵然犹有信心，
但是信心、爱和希望都在等待之中。
耐心等待但不要思索，因为你还没有准备好思索：
这样黑暗必将变成光明，静止也将变成舞蹈。

潺潺的溪水在低语，冬天有雷电闪烁。
野百里香和野草莓没有被人赏识，
花园里那曾回响过当年狂喜的笑声
如今犹未消寂，但是在要求并暗示
死亡与降生的痛苦。
　　　　　　　　你说我是在重复
我以前说过的话。我还要再说一遍。
要我再说一遍吗？为了要到达那儿，①
到达现在你所在的地方，离开现在你不在的地方，
　你必须经历一条其中并无引人入胜之处的道路。

① 由此行起至第四乐章结束，系诗人据基督徒圣约翰的《登卡梅尔山》（*Ascent of Mount Carmel*）第一章第十三节改作。原作有句，如："为了要到达你所不知道的地方，/你必须经历一条你不知道的道路。/为了要获得你所未拥有的东西，/你必须经历一条你不拥有的道路。/……"

为了最终理解你所不理解的，
　你必须经历一条愚昧无知的道路。
为了占有你从未占有的东西，
　你必须经历被剥夺的道路。
为了达到你现在所不在的名位，
　你必须经历那条你不在其中的道路。
你所不了解的正是你所唯一了解的，
而你所拥有的正是你所并不有的，
而你所在的地方也正是你所不在的地方。

四[①]

受伤的医生挥动着钢刀
细心探究发病的部位；
在流血的双手下我们感觉到
医生满怀强烈同情的技艺
在揭开体温图表上的谜。
我们仅有的健康是疾病
如果我们听从那位垂危的护士——
她坚定不移的关注不是使我们欢欣
而是提醒我们和亚当蒙受的灾祸，
一旦灾祸重临，我们的病必将变为沉疴。

---

① 第四乐章为五节抒情诗，艾略特在致友人安妮·里德勒（Anne Ridler，1912—2001）信中说："我感到很难相信我的一首诗卖了将近一万二千册会真是好诗（顺便说下，你喜爱《东科克》的第四部分，使我欣快，在某种意义上，这是全诗的中心）……"抒情诗韵律为ababb，译文基本上按原诗协韵，有时则不拘守原韵。

整个世界是我们的医院
由那个不幸的百万富翁资助，
在那里，如果我们的病况好转，
我们就将死于专制的父爱的关注，
它须臾不离引导着我们，不论我们身在何处。①
冷意从两脚升向膝盖，
热度在精神的弦线中歌唱。
如果使我暖和起来，那么，我准会在
寒冷的炼狱之火中战栗而冻僵，
炼火的烈焰是玫瑰，而浓烟是多刺的荆棘。

滴出的血是我们唯一的饮料，
血腥的肉是我们唯一的食粮，
即使这样，我们仍然乐于称道
我们是有血有肉的人，结实而又健康——
同样，尽管如此，我们称道这个星期五好。

---

① 上述三节中“受伤的医生”“垂危的护士”“不幸的百万富翁”等，据雷蒙·普雷斯顿（Raymond Preston）在《四首四重奏详解》（*Four Quartets Rehearsed*）中指出，“受伤的医生”意指基督，“垂危的护士”指与邪恶作战的世间基督教徒，“不幸的百万富翁”指亚当。他在脚注中说明，他原来以为“不幸的百万富翁”是指堕落的天使，承诗人本人指出才得以辨正。但海伦·加德纳（Helen Gardner，1908—1986）对上述解释表示怀疑。她所持的理由是，资助兴建医院是一种善举，似不可能与把“原罪”施加于世人这一行为相比。她认为，这里所谓“医生”“护士”“百万富翁”均指基督，三者只是不同的类型而已。基督之所以使自己一无所有，是为了得以为世人受苦，并与世人一起受苦。参阅《艾略特的诗歌艺术》（*The Art of T. S. Eliot*）第 65 页至 67 页。

五

我就在这里，在旅程的中途，已经有二十年——
二十个大半虚度的年月，介于两次大战的年月——
试着学会使用语言，而每一次尝试
都是一次完全新的开始，也是一次性质不同的失败，
因为你不过是为了叙述那已经不必再叙述
或者你已经不想再那样叙述的事情
而学习怎样驾驭语言的。所以每次冒险从事
都是一次新的开始，一次用破敝的装备
向无法言述的事物发动的袭击，最后总是溃不成军
只留下不准确的感觉乱作一团，
一群没有纪律的激情的乌合之众。
而那需要你用气力和谦逊去征服的一切，
早已被那些你无法企及的人们
一次或两次，或好多次所发现——但是没有竞争——
只有去找回那已经失去的东西，
但一旦找到又重新失去，又去寻找，
这样循环反复的斗争。而现在似乎处于
不利的条件之下。但也许既无所得也无所失。
对于我们，唯有尝试而已，此外则非我们所能为力。

家是我们出发的地方。随着我们年岁渐老
世界变为陌路人，死与生的模式更为复杂。
那已与我们隔绝——没有以前也没有以后的，
不是那感情强烈的瞬间，而是每瞬间都在燃烧的一生，

不仅是一个人的一生，而且也是
那些如今已无法辨认的古老石碑的一生。[①]
有在星光下的黄昏时刻，
有在灯光下的黄昏时刻
（在灯下翻阅相片簿的黄昏）。
当此时此地已无关紧要之际，
爱最近乎它自己。

老年人应该是探索者，
此地或彼地无关大局，
我们必须静静地继续前进，
越过黑暗的寒冷和空阒无人的废墟，
越过波涛的呼啸，大风的怒号，
海鸟和海豚的浩淼大海，进入另一个感情的强度，
为了获得更进一步的一致，更深入的交流。
在我的结束中是我的开始。

---

① 指诗人在东科克村的墓园中，因见到字迹剥蚀已无法辨认的墓碑而遥想多少世代前的祖先。

干燥的塞尔维吉斯

干燥的塞尔维吉斯——也许就是Les troissauvages[①]——是位于马萨诸塞州安角东北岸附近的一小群岩石，上面设有信标。塞尔维吉斯的读音应与阿苏维吉斯[②]协韵。Groaner：一种发出尖啸声的浮标。[③]

一

我不太了解神明：但我以为这条河[④]
准是个威武的棕色大神——阴沉，粗野而又倔强，
忍耐只能到一定程度，起初人们把它认作一条边界；
有用，但不值得信赖，像是个商业的运输人；
此后只成了桥梁建造者面临的一个问题。
问题一旦解决，这个棕色大神就几乎
被城市里的居民淡忘——尽管它依然难以平息，
保持着它的四季和愤怒，作为破坏者，作为唤起
人们但愿忘怀的过去的提示者。得不到机器
崇拜者的尊敬和抚慰，只是等待着，守望着，等待着。
它的律动出现在托儿所的卧室里，
出现在四月庭院中繁茂的艾朗萨斯树[⑤]丛里，

出现在秋天餐桌上葡萄的芳香里，
和在冬天夜晚煤气灯的光圈里。

河在我们中间，海在我们周围⑥；
海也是大地的边缘，它波涛滚滚
拍向花岗岩，它把暗示它在远古和不久前的创造
星星点点地抛向岸滩：
海星，鲎，鲸鱼的脊骨；
在水潭里，它给我们的好奇心
留下了更纤巧的海藻和海葵。
它抛起我们失落的东西，那破烂的渔网，
捕捉龙虾的破篓，折断的船桨
和异域死者的褴褛的衣衫。海有很多种声音，
很多神明和很多声音。
　　　　　　　　　　　盐在多刺的玫瑰上，
雾在冷杉树林中。
　　　　　　　　　　　大海的嚎叫
和大海的呼喊，是不同的声音
常常能同时听到；帆索的哀鸣声，

---

① 法文，即三个野人。
② 阿苏维吉斯，英语为assuages，缓和、平息之意。
③ 这个注释是艾略特因友人就原稿提出疑问而写的。艾略特在回复友人约翰·戴维·海沃德（John Davy Hayward，1905—1965）的信中说：“一、‘干燥的塞尔维吉斯’是地名，是马萨诸塞州安角东面三座岩石的名字，上设有信标。便于安排向东通往缅因或新斯科舍半岛的航线……Groaner（哀鸣者）是新英格兰的一个词，指一种‘发出尖啸声的浮标’，这种浮标由阀门控制，在巨浪上随波起伏时能发出哀鸣般的声音。”
④ 指密西西比河。
⑤ ailanthus tree，由东印度引入欧美的一种落叶乔木，树枝繁茂，炎夏可以蔽日。
⑥ 马萨诸塞州东临大西洋。

海面上巨浪翻滚的恐吓和爱抚，
远处的惊涛在花岗岩的齿缝中的拍击声，
还有为海岬逼近而发出警告的鸣咽声，
这些都是大海的声音，还有掉头朝向归途的
发出尖啸声的浮标和海鸥：
在悄无声息的浓雾的压力下
那从容不迫的巨浪敲响了
隆隆钟声，报告着时间，但不是我们的时间，
一种时间
比天文钟计量的时间更古老，
比那些烦恼而焦虑不安的女人们计算的时间
　更古老，
她们长夜不寐，计算着未来，
试着把过去和未来拆散，解开，
又把它们重新拼合在一起，
在夜半和黎明之间，当过去已变为一场欺骗，
未来已成为没有未来，在四更之前
时间停歇，时间变成永无终了的时候；
巨浪滔滔，现在是这样，有始以来也是这样。
钟声
铿锵

二[1]

这无声的呜咽，这秋花的悄然谢去，
花瓣飘落从此凝然不动，它们的终极在哪里？
沉船的残骸随波漂泊，白骨在岸滩上祈求，
那向宣布灾难临头的通告
发出无从祈求的祈求，
这一切的终极在哪里？

一切了无终极，不仅如此更有那
随未来的时日接踵而来的后果，
当人生的无情岁月已落入你一度以为
最可信赖的事物的碎片之中——
因而最恰当的对策莫如舍弃的时候，
感情却兀自沉湎于往昔。
最后还有出于对自己的气力不济
而产生无济于事的自豪和怨恨；
驾一叶小舟漂泊海上，任凭海水从裂隙徐徐漏入，
那无所依附的眷恋可能被看作无所眷恋；
还有那最后的通告的钟声发出不可争辩的呼喊时
默默无语的谛听。

何处是渔夫的归宿，他们驶进

---

① 第二乐章（即第二部分）原诗前六节抒情诗为六行诗节（sestina），各节诗行分别与对应的诗行协韵。译文不拘原韵。

风的尾势，雾霭在那里瑟瑟颤抖？
我们无法想象一个没有海洋的时代
或者一个不是漂满了废物的海洋
或者一个不可能有一个目的地的未来，
像那过去的岁月那样。

我们应该想起他们一如既往在戽水，
在张网和拉网，当那东北风势减弱吹过
永不变化也永不消蚀的浅堤，
或者在船坞领取鱼钱，晒晾风帆；
而不应该想象他们在作一次毫无收益的出航，
打一网经不起审察的捕捞。

那无声的呜咽永无穷期，
那秋花的谢去，没有痛苦也没有运动的痛苦的运动，
海的冲卷和漂流的沉船残骸，
白骨向它的上帝死神的祈求，这一切都永无穷期。
只有圣母报喜节那一声几乎是不可能
却又是唯一可能祈求的祈求。①

当你年岁渐老，那过去
仿佛已有了另一种模式，不再只是一个结果——

① 在圣母报喜节时，天使加百列奉上帝差遣前往加利利的拿撒勒城向圣母马利亚报喜："你要怀孕生子，可以给他起名叫耶稣。"马利亚顺从的祈求是："我是主的使女，情愿照你的话成就在我身上。"见《圣经 · 新约 · 路加福音》第 1 章第 30—38 节。

或者甚至是一种发展： 后者是部分的谬误，
受到肤浅的进化论思想的怂恿，
而在常人的心目中变成否认自己的过去的一种手段。

赏心乐事的瞬间——不是康泰之感，
功成名就，夙愿已偿，无忧无虑或感受到亲人之爱，
甚至不是享用一顿丰美酒宴，而是猛地豁然彻悟——
我们有过这种经验，但没有领会其中涵义，
而懂得涵义就是在我们能赋予幸福以任何意义之外
在不同的形式中恢复以往的经验。我以前说过
在涵义中复活的以往经验
不仅是一个人一生的经验，
而且是多少世代人的经验——不要忘记
其中有的很可能根本无法言喻：
返顾典籍记载的历史的信念后面，
回转头去，只需稍稍返顾一下，
就看到那远古的恐怖。
现在，我们终于发现痛苦的瞬间
(至于是否出于误解，我们一向
寄希望于虚妄，或畏惧于不当畏惧的，
这不是我们要谈的问题）都与时间所具有的永恒性
一样永恒。这一点我们在别人的（与我们有关，
几乎像我们身受的一样）痛苦中领会得更深。
因为我们自己的过去被行动的汹涌的激流淹没了，
而别人的苦恼却始终是一种经验，

确凿无疑而又不为接踵而来的时间所磨损。
人们变化，微笑，而痛苦常在。
时间这个破坏者也是时间这个保存者，
就像这条运载死亡的黑人、牛棚和鸡笼的河，
就像苦涩的苹果和苹果上留下的齿痕一样。
而嶙峋的礁石在永不宁息的流水中
浪花冲刷它，浓雾掩蔽它；
风平浪静的日子，它不过是一块标石，
在适宜航行的气候永远是一个确定
航道的航海标志，但当阴沉忧郁的季节
或当它暴怒的时候，就露出了它本来面目。

三

我有时怀疑克里希纳[①]说的是否就是这个意思——
在别种涵义之外——或是同一件事的另一种说法：
来来是一支消寂的歌，一朵殷红的致瑰，或者是
一株为那些还没有到这里来表示悔恨的人们
留下的永志悔恨的薰衣草，
压在一本从未翻开却已发黄的书页之间。
而向上的路就是向下的路[②]，向前的路就是回头的路。
你不能面对它而神色自若，但这件事却是确切无疑的，

---

① Krishna，一位印度神，又称保护者。他的训谕见《帕格哈瓦德 · 吉达》（即祝福之歌），为印度古代史诗《 摩诃婆罗多》的一个部分。
② 参见《四首四重奏》之一《焚毁的诺顿》的题铭。

时间不是治病的医生，病人已一去不复返。
当列车启动的时候，旅客们安顿下来
开始品尝水果、翻阅书刊和公务函件
（前来给他们送行的人们也离开了月台），
随着漫长时刻催人欲睡的节奏
他们的脸色从悲痛舒展为轻松。
旅人们，向前行进吧！这不是从过去
逃往不同的生活，也不是逃往任何未来；
你们不是刚才离开那个车站的人群
也不是行将到达终点的人们，
当渐行渐窄的铁轨在你们后面并成一线；
当你们在机声隆隆的轮船甲板上
谛视着船首劈开的波浪在你们后面扩展开去，
你们不会想到“往者已矣”
或者“来者可追”。
夜阑时分，在帆缆和天线里
有歌声在反复吟唱（虽然这低声细语的时间弦琴
既非为耳朵而弹奏，也未形之于任何语言）：
“向前行进吧，你们这些自以为在航海旅行的人；
你们不是那望见港湾渐渐消失的人们，
也不是行将离船上岸的人们。
这里，在海岸这边和更远的海岸之间，
当时间已经隐退，请用平等的心怀思考过去和未来。
在这既不是行动也不是无所行动的瞬间
你们不妨听取这句忠告：‘在死亡的时刻
一个人不论他的意志专注在什么样的

生存地位'[1]——那是一次行动
(而死亡的时刻则是每一瞬间),
它必将在别人的生命中开花结果:
因此不必考虑行动的成果。
向前行进吧。
　　　　　　　　啊　航海的旅人们，啊 海员们，
你们来到港口的人们，你们的身体将经受
大海的考验和判决或者不论遭到
什么事故的人们，这里就是你们真正的目的地。"
克里希纳就这样在战场上
劝告阿尔朱纳。
　　　　　　　不是永别，
而是扬帆前行，航海的旅人们。

四

圣母啊，您的神殿屹立在海岬之上，
请您为所有船上的人们，
为那些以渔业为生涯的人们，
也为那些与一切合法的海上交通有关
以及指挥他们的人们祈祷吧。

---

① 引文摘自《帕格哈瓦德·吉达》。诗中的主人公阿尔朱纳临战踌躇，克里希纳说："在死亡的时刻不论是谁只要想起我，这样，思想就离开躯体而去，而他就一定会认识我。/在死亡的时刻，一个人不论他的意志专注在什么样的生存地位，他一定会向那里走去。/因此，时刻想着我，前去战斗吧；倘若你的心意和你的理智都集中在我身上，你一定能回到我的身边。"

请您也为那些送别了儿子或丈夫
启程出海，他们还没有回家的女人们
再作一次祈祷吧：
您儿子的女儿[①]
天国之后。
也为那些曾在船上，在沙滩上，在大海的嘴唇里
或在那来者不拒的黑暗的喉咙里
或不论何处，只要是永恒的天使敲响
大海的钟声[②]传不到他们那里的
最后终止了航行的人们祈祷吧。

五

跟火星通话，与神灵交谈，
报告海妖的行为，
观测天象预卜未来，察看祭牲的内脏以释神谕，
或从水晶球中观察幻象，
从签名的笔迹看出病症，从手掌的纹路
追溯身世经历和从手指想起悲惨不幸；
用签卜或茶叶祛除凶兆，用纸牌解释
不可避免的事故，揣摩五角星形的图象[③]

---

① 原文为意人利文，Figlia del tuo figlio。见但丁《神曲 · 天堂篇》第 33 歌第 1 节，这是圣伯纳德向圣母马利亚的祈祷。

② 庆祝基督化身的礼拜中，祈祷的第一句为“上帝的天使向马利亚通报”。罗马天主教徒在清晨、中午和黄昏听到钟声敲响，就反复祈祷。

③ pentagrams，上有数字和符号，用于占卜。

或靠服巴比妥酸[1]打发日子，或把反复出现的想象
解析为前意识的各种恐惧——
由此探索出生、死亡或梦境；所有这些
都是平素的消遣和药物、报刊的特写报道，
而且也将永远如此，其中有些尤其如此，
当国家陷于危难和困惑不决的时候，
不论是在亚洲的海岸还是在艾琪韦尔大街[2]。
人们的好奇心总爱探究过去和未来，
而且在这方面锲而不舍。但是领悟
那无始无终与时间的交叉点，却是圣者的职业——
也不是职业，而是他们为了爱、热忱、无私和自我屈从
而殉道的一生中的一种给予和取受。
就我们多数人来说，我们有的不过是被我们虚度的
瞬间，在时间之内和时间之外的瞬间，
不过是一次消失在一道阳光之中的心烦意乱，
没有被人赏识的野百里香，或是冬天的闪电
或是飞溅的瀑布或是听得过于深切
而一无所闻的音乐，但是只要乐曲余音未绝，
你就是音乐。这些不过是暗示和猜测，
暗示后面跟着猜测；其余就是
祈求，遵奉，修持，思索和行动。
猜出一半的暗示，懂得一半的赠予，是基督化为人身。
这里，各种生存地位不可能取得一致

① barbituric acids，用作镇静剂。
② Edgware Road，伦敦的一条繁忙但并不著名的街道。

是确实无疑的，
这里，过去和未来
已被征服，并且获得和解，
在这里行动不过是目前被驱动的事物的另一种运动，
运动的始源并不在于它本身之内——
而是受魔鬼的力量，地下的
力量的推动。而正当的行动
也不受过去与未来的约束。
对我们多数人来说，这是决不可能
在这里实现的目标；
我们仅仅是没有被击败而已，
因为我们还在继续尝试；
如果我们的暂时返归本源能滋育
(离紫杉树并不太远)
那意义深长的土地的生命，
我们，终将感到心满意足。

小吉丁

一

仲冬的春天是它自己的季节
漫漫永昼而到日落却一片湿润，
悬在时间中，在极圈和回归线之间。①
当短暂的白昼因为寒霜和火成为最明亮的时刻，
匆促的太阳点燃了池上和沟里的冰，
在无风的冷冽中那是心的热，
在一面似水的镜子里
映照出一道刺目的强光，
这就是晌午时分之所以令人目眩而一无所见。
灼热的光比柴枝的火更烈比火盆更旺，
激起麻木的精神：没有风，只有圣灵降临节的火
在这一年的黑暗时节。在融化和结冰之间
灵魂的活力在颤抖。没有大地的气息
或者有生命之物的气息。这是春天季节
但不是在约定的时间之内。现在树篱
因为雪花短暂开放而一时满身素白，
一次比夏花绽放更突然的花开，
既未含苞待放也不会凋零谢落，

不在世代繁衍的计划之内。
夏天在哪里？那不可想象的
零度的夏天[2]？

如果你到这里来，[3]
选择你可能选择的路线
从你可能从那里来的地方来，
如果你在山楂花开[4]的时候到这里来，
你会发现五月里，树篱又变白了，
飘散着迷人的甜香。
到旅程的终点都一样，
如果你像一位困顿的国王[5]夤夜而来，
如果你白天来又不知道你为何而来，
那都一样，当你离开崎岖的小径
在猪栏后面拐向那阴暗的前庭和墓碑的时候。
你原先以为是你此行的目的
现在不过是意义的一层壳，一层荚
只要有什么目的能实现的话，目的才破壳而出。
或者是你原先根本没有目的
或者是目的在于你所想象的终点之外
而在实现的过程中已经改变。另有一些地方
也是世界的终点，有的在海的入口

---

① 季节与季节的突然融合，是无始无终和时间、永恒和现在、神和人的交叉的预兆或象征。
② 即“仲冬的春天”所预示的顶点。
③ 即到小吉丁村来。
④ 山楂花，春天开白花，因此下句有“树篱又变白了”。
⑤ 国王查理一世曾不止一次游幸小吉丁教民村社。据传查理一世最后一次驾临系在内战中内士比（Naseby）战役失败之后，他悄悄来此以重振斗志。

或者在一片黑暗的湖上，在沙漠中
或者在一座城市[①]里——
但是在地点和时间上，这里是最近的地方，
现在和在英格兰[②]。

　　　　　　　　　如果你到这里来，
不论走哪条路，从哪里出发，
在哪个地方或哪个季节，
那都是一样：你必须抛开
感觉和思想。你到这里来不是为了证明什么，
教诲自己，或者告诉什么新奇的事物
或者传送报告。你到这里来
是到祈祷一向是正当的地方来
俯首下跪。祈祷不只是
一种话语，祈祷者头脑的
清醒的活动，或者是祈求呼告的声音。
死者活着的时候，无法以言词表达的，
他们作为死者能告诉你：死者的交流思想
超乎生者的语言之外是用火表达的。
这里，无始无终的瞬间的交叉点是英格兰，
而不是任何其他地方。决不而且永远。

---

① 诗人在此系指一些宗教避难处，如苏格兰西部的爱奥那岛（Iona）和英格兰的林迪斯法恩岛（Lindisfarne），爱尔兰的格伦达洛湖（Glendalough），与埃及的圣安东尼有关的沙漠以及意大利的帕多瓦城（Padua）。

② 当前的时间和当前的地点，正是灵魂存在并具有意义的所在，而与过去的时间和未来的时间（即“回忆”和“欲望”，参阅《荒原》第一部分）相反。

二

一个老人衣袖上的灰[①]
是焚烧的玫瑰留下的全部尘灰。
尘灰悬在空中
标志着一个故事在这里告终。
你吸入的尘灰曾经是一座宅邸——
墙、护壁板和耗子。
希望和失望的死亡，
　　这是空气的死亡。

在眼睛之上，在嘴巴里
有洪水和干旱，
止水和死沙
在争斗着谁占上风。
拆裂的失去元气的泥土
张目结舌地望着徒然无益的劳动，
放声大笑而没有欢乐。
　　这是土的死亡。

水和火取代
城镇、牧场和野草。
水和火嘲弄

① 第二乐章的抒情式诗句是诗人对空气、土、水、火四种元素的死亡所作的沉思。古希腊哲学家赫拉克利特认为这四种元素是构成宇宙的要素。

我们拒绝奉献的牺牲。
水和火也必将腐蚀
我们遗忘的圣殿和唱诗席的
已经毁坏的基础。
　这是水和火的死亡。
在黎明来临前无法确知的时刻[①]
　漫漫长夜行将结束
　永无终止又到了终点
当黑黝黝的鸽子[②]喷吐着忽隐忽现的火舌
　在地平线下掠飞归去以后
　在硝烟升腾的三个地区之间
再没有别的声息只有枯叶像白铁皮一般
　嘎嘎作响地扫过沥青路面
　这时我遇见一个在街上闲荡的行人
像被不可阻挡的城市晨风吹卷的
　金属薄片急匆匆地向我走来。
　当我用锐利而审视的目光
打量他那张低垂的脸庞
　就像我们盘问初次遇见的陌生人那样
　在即将消逝的暮色中
我瞧见一位曾经相识但已淡忘的已故的大师
　突然显现的面容，我恍惚记得

① 由此开始直至本乐章结束，诗人意在模仿但丁《神曲》的三行诗节（terza rima），但未协韵。在第二次世界大战德机空袭伦敦时，艾略特曾担任过空袭时的民防队员。这里描述他在一次空袭后在街头巡逻时的情景。
② 指德国俯冲轰炸机。

他既是一个又是许多个；晒黑的脸上
一个熟识的复合的灵魂[①]的眼睛
既亲密又不可辨认。
因此我担负了一个双重角色[②]，一面喊叫
一面又听另一个人的声音喊叫："啊！你在这里？"
尽管我们都不是。我还是我，
但我知道我自己已经成了另一个人——
而他只是一张还在形成的脸；但语言已足够
强迫他们承认曾经相识。
因此，按照一般的风尚，
双方既然素昧平生也就不可能产生误会，
我们在这千载难逢，没有以前也没有以后的
交叉时刻和谐地漫步在行人道上作一次死亡的巡逻。
我说："我感到的惊异是那么轻松安适，
然而轻松正是惊异的原因。所以说，
我也许并不理解，也许不复记忆。"
他却说："我的思想和原则已被你遗忘，
我不想再一次详细申述。
这些东西已经满足了它们的需要：由它们去吧。
你自己的也是这样，祈求别人宽恕它们吧，
就像我祈求你宽恕善与恶一样。上季的果子
已经吃过，喂饱了的野兽也一定会把空桶踢开。

---

① 参阅莎士比亚十四行诗第86首："那个和蔼可亲的熟识的鬼魂。""已故大师"指但丁与叶芝，是"复合的鬼魂"的主要组成部分，艾略特曾说过，在这里他心中主要是指叶芝和斯威夫特。
② 这里可以有两种解释：或者是诗人扮演但丁的角色，因但丁曾在地狱中招呼别人；或者是诗人扮演自己另一个自我。

因为去年的话属于去年的语言
　而来年的话还在等待另一种语调。
　但是，对于来自异域没有得到抚慰的灵魂，
在两个已变得非常相像的世界之间
　现在道路已畅通无阻，
　所以当我把我的躯体
委弃在遥远的岸边以后
　我在我从未想到会重访的街巷
　找到了我从未想说的话。
既然我们关心的是说话，而说话又驱使我们
　去纯洁部族的方言①
　并怂恿我们瞻前顾后，
那么就让我打开我长久保存的礼物
　褒美你一生的成就。
　首先，当肉体与灵魂开始分离时，
即将熄灭的感觉失去了魅力
　它那冷漠的摩擦不能给你提供任何许诺
　而只能是虚妄的果子的苦涩无味。
第二，是对人间的愚行自知表示愤怒②的
　软弱无力，以及对那不再引人发笑的一切
　你的笑声受到的伤害③。
最后，在重演你一生的作为和扮演的角色时

① 法国象征派诗人马拉美（Stéphane Mallarmé，1842—892）的十四行诗《埃德加·爱伦·坡的坟墓》中有句："给部族的语言以更恰切的涵义"。在本节诗中，使人想起不少前人（如弥尔顿、但丁）的诗作。
② 叶芝在《马刺》一诗中说到愤怒和贪欲是老年表现的两个方面。
③ 斯威夫特在给自己写的墓志铭中云："强烈的愤慨现在/不能伤害他的胸怀。"

那撕裂心肺的痛苦；日后败露的动机所带来的羞愧，
还有你一度以为是行善之举，
如今觉察过去种种全是恶行
全是对别人的伤害而产生的内疚。
于是愚人的赞扬刺痛你，世间的荣誉玷污你。
激怒的灵魂从错误走向错误
除非得到炼火[①]的匡救，因为像一个舞蹈家
你必然要随着节拍向那儿跳去。”
天色即将破晓。在这条毁损的街上
他带着永别的神情离开了我，
消失在汽笛的长鸣声中[②]。

三

有三种情况发生在这同一片树篱，
往往貌似相像其实截然不同：
对自身、对物和人们的依附，
从自身、从物和人们的分离；以及在这两者之间
产生的冷漠，它与前两种相似，犹如死与生相似，
处于两种生涯之间——不绽开花朵，处于
生的和死的苦恼之间。这正是记忆的用处：
为了解脱——不是因为爱得不够

① 参阅《荒原》中《火诫》章。火，既是我们生活于其中的令人痛苦的元素，但又是能使人获得拯救的炼火。
② 西方传说鬼魂通常在鸡鸣时消失。汽笛，这里指空袭后的解除警报。诗人这里系仿效莎士比亚描写哈姆雷特父亲的鬼魂的消失：“雄鸡一叫，他就不见了。”（《哈姆雷特》第1幕第2场）

而是爱超乎欲望之外的扩展，于是不仅从过去
也从未来得到解脱。这样，对一个地方的爱恋
始于我们对自己的活动场所的依附
终于发现这种活动没有多大意义
虽然决不是冷漠。历史也许是奴役，
历史也许是自由。瞧，那一张张脸一处处地方
随着那尽其所能爱过它们的自我
一起，现在它们都消失了，
而在另一种模式下更新，变化。

罪是不可避免的[①]，但是
一切终将安然无恙，而且
世间万物也终将安然无恙。
如果我又一次想起这个地方，
又一次想起那些人，他们并非全都值得称道，
既非直系亲属也非性情和善之辈，
却是一些具有特殊才能的人，
他们都受了一种共同的思潮的感召，
而联合在把他们分裂为营垒的斗争中；
如果我在黄昏时分想起一位国王，
想起三个和更多的人被处决在绞刑架上[②]

---

① 以下三行系引自十四世纪英国神秘主义者裘利安娜夫人（Juliar of Norwich，约1342—1416）所著《神圣爱的启示》（*Revelation of Divine Love*）。尽管有罪，或者甚至通过罪，一切必将安然无恙，这是见诸弥尔顿以及其他著述中的所谓“幸运的沦落”（fortunate fall）的思想的另一种表现。

② 英王查理一世和他两个主要侍臣斯特拉福德伯爵托马斯·温特沃斯和大主教劳德，1649 年被清教徒判处死刑。

还有一些死后默默无闻的人
在其他地方，在这里和国外，
我也想起一个双目失明悄然死去的人①，
为什么我们纪念这些死去的人
就该胜于纪念那些濒临死亡的人呢？②
这不是重新去敲响往昔的钟声
也不是召唤一朵玫瑰的幽灵③的咒语。
我们无法复活那些古老的派别
我们无法恢复那些古老的政策
或者跟上一面古老的皮鼓敲击的鼓点。
这些人，和反对他们的那些人
和那些他们反对的人
如今都接受了无声的命令
归入一个单一的团体。
不管我们从幸运的人们继承到什么
我们已经从失败的人们取得了
他们不得不留给我们的一切——一种象征：
一种在死亡中得到完善的象征。
因此，通过动机的纯化
凭着我们祈求的理由④
一切终将安然无恙，而且

---

① 指诗人约翰·弥尔顿。当时弥尔顿拥护克伦威尔，反对查理一世。
② 指当时参与二次世界大战而面临死亡的人们。
③ 双关语。《玫瑰的幽灵》原系一伤感的芭蕾舞剧的剧名，剧中一女郎梦见一朵她曾戴着去参加舞会的玫瑰的亡魂。也指玫瑰战争，这次战争系决定究竟由白玫瑰即兰开斯特家族，抑或由红玫瑰即约克家族统治英国。但玫瑰是世间的美的象征；在但丁的诗篇中以及本诗终句的玫瑰则为永恒的一种象征。
④ 裘利安娜夫人在一次幻景中训诲：“我们祈求的理由是爱”。

世间万物也终将安然无恙。

四[1]

鸽子喷吐着炽烈的恐怖的火焰
划破夜空，掠飞而下
烈焰的火舌昭告世间
它免除了死者的过错和罪愆。[2]
那仅有的希望，要不就是失望
　在于你对焚尸柴堆的选择或者就在于柴堆——
　通过烈火从烈火中得到涤罪。

是谁想出这种折磨的呢？是爱。
爱是不熟悉的名字
它在编织火焰之衫的那双手后面，
火焰使人无法忍耐
那衣衫绝非人力所能解开。[3]
　我们只是活着，只是悲叹
　不是让这种火就是让那种火把我们的生命耗完。

五

我们叫做开始的往往就是结束

---

① 原诗两节均用韵（ababacd），译文按 abaacdd 协韵。
② 鸽子，在这里既指德国俯冲轰炸机，又象征圣灵与圣灵降临节的火舌。这两种火，毁灭的火和炼火，构成本乐章抒情诗行的基调。
③ 火焰之衫是赫克里斯（希腊神话主神宙斯之子）的妻子为赢回丈夫的爱而给他穿上的衣衫，结果衣衫黏附肉体无法脱下，剧痛之际赫克里斯不得不自投焚尸柴堆，终于被烧死。

而宣告结束也就是着手开始。
终点是我们出发的地方。每个短语
和每个句子只要安排妥帖（每个词都各得其所，
从它所处的位置支持其他的词，
文字既不羞怯也不炫耀，
新与旧之间的一种轻松的交流，
普通的文字确切而不鄙俗，
规范的文字准确而不迂腐，
融洽无间地在一起舞蹈）
那么每个短语每个句子都是一个结束和一个开始，
每首诗都是一篇墓志铭。而任何一个行动
都是走向断头台，走向烈火，落入大海
或走向一块你无法辨认的石碑的一步：
而这就是我们出发的地方。
我们与濒临死亡的人们偕亡：
瞧，他们离去了，我们与他们同行。
我们与死者同生：
瞧，他们回来了，携我们与他们俱来。
玫瑰飘香和紫杉扶疏的时令
经历的时间一样短长。一个没有历史的民族
不能从时间得到拯救，因为历史
是无始无终的瞬间的一种模式，所以，当一个冬天下午
天色渐渐暗淡的时候，在一座僻静的教堂[①]里
历史就是现在和英格兰。

① 在小吉丁村。

由于这种爱和召唤声的吸引[1]
我们将不停止探索
而我们一切探索的终点
将是到达我们出发的地方
并且是生平第一遭知道这地方。
当世间的终极犹待我们去发现的时候
穿过那未认识的，忆起的大门
就是过去曾经是我们的起点；
在最漫长的大河的源头
有深藏的瀑布的飞湍声
在苹果林中有孩子们的欢笑声，[2]
这些你都不知道，因为你并没有去寻找
而只是听到，隐约听到，
在大海两次潮汐之间的寂静里。
倏忽易逝的现在，这里，现在，永远——
一种极其简单的状态
(要求付出的代价却不比任何东西少)
而一切终将安然无恙，
世间万物也终将安然无恙
当火舌最后交织成牢固的火焰
烈火与玫瑰化为一体的时候。[3]

汤永宽　译

---

① 引自十四世纪无名氏所著的一部宗教著作《无知的云》。
② 孩子们的欢笑声和深藏的瀑布声（喻画眉的啭鸣声），见《四首四重奏》的第一首四重奏《焚毁的诺顿》，都是关于有时间的世界为无始无终的（无时间的）世界所超越，现在为永远所超感的暗示。
③ 烈火，喻神明的威力，玫瑰喻仁慈和爱。两者联为一体，意指人生中想象的经验。

阿丽尔诗

三圣人的旅程[①]

“我们碰上一个寒冷的清晨，
恰恰在一年中最糟的月份，
作一次旅程，如此漫长的旅程；
路途深邃，气候严峻，
冬日一片死气沉沉。”
骆驼伤痕遍体，蹄子太酸痛了，难以驾驭，
躺倒在渐渐融去的雪中。
有时我们会后悔地回想，
斜坡上夏日的宫殿、草坪，
还有遍体绮罗的姑娘端上果子露。
于是拉骆驼的人咒骂、埋怨，
四散逃去，追逐他们的烈酒和女人，
深夜里营火熄灭，无处可以蔽身，
城市充满敌意，小镇毫无友好之情，
村庄肮脏不堪，索价高得要命：
我们可真是备尝艰辛。
最后我们宁可彻夜旅行，
断断续续地睡上一阵
还有声音唱在我们耳中，说
这是彻头彻尾的愚蠢。

拂晓，我们来到一个温煦的山谷。
在湿漉漉的雪线下，种种植物气息袭人，
小溪潺潺，一辆水车拍击着黑暗，
三株树[②]映着低低的天空，
一匹年迈的白马[③]在草地上奔腾。
然后我们来到一家门楣上绕着葡萄叶子的酒店，
敞开的门里，六只手为几片碎银掷着骰子，
脚又在踢空空的酒皮袋。
然而依旧没有消息，于是我们继续赶程，
傍晚时到达，一点儿也不算太早地
找见那个地方：它（你或许会说）还令人满意。

所有这些都是遥远的往事，我记得，[④]
我愿意重新再做一遍，但是写下来，
写下这个：
我们被领着走了那一段路程，
是为了新生活或死亡？当然，有一个人诞生，
我们有证据，毫无疑问。我以前也曾目睹过诞生和死

---

① 据《圣经·新约·马太福音》第2章第1节和第7—13节，耶稣诞生时，有三个圣贤从东方来朝拜。但艾略特用嘲讽的笔触反写其中一个圣贤（老人）对这一旅程的回忆，仿佛留在他脑际的仅是沿途遭受的屈辱和艰辛，而对耶稣诞生这一事件他却感到稀里糊涂，根本不能理解。当然，艾略特的故作反语，还是为了让读者意识到：不信教的人无法理解宗教的真正意义。

② 参见《圣经·新约·路加福音》第23章第33节，耶稣遇难处有三个十字架，一个是耶稣的，两个是“罪犯”的。

③ 按《圣经·新约·启示录》第19章第11—21节，耶稣骑在一匹白马上。

④ 从这一行起，艾略特点明老人讲故事的戏剧性场景，这一场景的构思可能受到爱尔兰诗人叶芝的一篇散文诗的影响。

亡，
但总以为它们截然不同；那个诞生对我们
是艰难和剧烈的痛苦，就像死亡，我们的死亡。
我们回到我们原先的地方，这些王国，
但在旧时的律法[①]中这里再也不得安宁，
一群不同的人民抓紧他们的神。
我本应对另一次死亡感到高兴。

裘小龙　译

① 新的律法即指基督教。

西 面 之 歌[1]

主啊，罗马的风信子在盆中盛放，
冬天的太阳爬上了白雪覆盖的山岭；
这个顽固的季节已经站住了脚跟。
我的生命轻飘飘的，等待死神之风，
就像在我的手背上的一根羽毛。
阳光下的尘土，角落里的记忆，
等待那往死地吹的冰冷的风。

施与我们你的和平。[2]
我在这个城里行走了多年，
守着斋，守着信仰，照顾穷人，
得到过也给予过荣誉和舒适。
人们有求总能进我的门。
当那悲哀的时刻来临，
谁会记得那住着我儿孙的儿孙的房？
他们将走山羊的路，去狐狸的窝，
逃离异国的脸和异国的剑。
在捆绑、鞭笞和哀叹[3]的时刻之前
施与我们你的和平。
在荒凉山[4]的宗教许愿堂前，

在母性之痛苦的那一钟点之前，[5]
此刻，在这个死亡的诞生季节，
让那个婴孩，那依然不说和不被人说的词，
把以色列[6]的安慰
施与一个活了八十岁而没有明天的人。

遵照你的旨意。
他们将世世代代赞美你，
因为光荣，因为嘲讽，
光接着光，登上圣者的梯子。
不是为了我，这烈士的境界，思想和祷告的狂喜，
不是为了我，这最后的景象。
施与我你的和平
(一把利剑将刺穿你的心[7]
和你自己。)
我已对自己的生活和后人的生活感到厌倦，

---

① 西面的故事见《圣经 · 新约 · 路加福音》第 2 章第 25—35 节。西面是个年老而虔诚的犹太人。他住在耶路撒冷，日夜等待摩西的来临，圣灵向他显示说他能活到看见耶稣后才死。他来到了寺院，新生的耶稣正在那里受割礼；西面将耶稣抱在怀里，他自己生命的使命也就完成了。西面激动地说："主啊！如今可以照你的话，释放仆人安然去世；因为我的眼睛已经看见你的救恩，……"西面还向马利亚预言了将来的苦难，艾略特在诗中从 13 行起写及了这点。在晚期诗中，艾略特常常取材于一些历史上的故事与传说来表达自己的思想，这首诗一方面反映了他自以为终于在宗教中看到了希望，另一方面也流露了他对人类社会前景的悲观思想。不过在艺术技巧上，这种写法并非"借题发挥"，而是从诗的戏剧性场景发展出来的。

② Grant us thy peace，祈求上帝祝福的一种连祷词。

③ 耶稣临刑前曾受到鞭笞，受难时人们一片悲哭。

④ mountain of desolation，即髑髅地，耶稣被钉十字架之处。

⑤ 据记载，耶稣死于"第九个小时"。

⑥ 按《圣经 · 旧约 · 约书亚记》第 23 章第 5 节，以色列是上帝答应赐给犹太人的国土。

⑦ 西面对圣母马利亚的预言。

我正死着自己的死和后人的死。
看到了你的拯救后，
让你的仆人离去吧。

裘小龙　译

一颗小小的灵魂[1]

“从上帝的手中遣出，那单纯的灵魂！”[2]
来到一个充满灯光和噪声变幻的乏味世界，
来到亮的、黑的、干的或潮的、冷的或暖的之中；
在桌子腿和椅子腿中间移动，
升起或落下，攫住膝盖和玩具，
勇敢地前行，猛然又吃一惊，
退到手臂和膝盖的角落里
急于得到安慰，在圣诞树的
璀璨辉煌中获得乐趣，
煦风中，阳光下，大海里的乐趣，
揣摩着阳光在地上排出的图案
还有围绕一只银盘奔跑的牡鹿；
搞混那现实的和那幻想的事物，
满足于玩玩牌——皇帝和皇后，
仙女做些什么，仆人又说什么。
成长中的灵魂的沉重负担
日复一日，越发迷惑、冒犯，
周复一周，越发冒犯、迷惑；
因为那种“是和似乎是”[3]的规则，

还有可能和不可能，欲望和抑制，
生存的痛苦和梦的麻醉
在《大不列颠百科全书》后面的
窗台上蜷起了小小的灵魂。
从时间的手中遣出，那单纯的灵魂④，
优柔寡断，自私自利，怪模怪样、一跛一瘸，
不能向前行走，或者往后退回，
惧怕温暖的现实，慷慨的善行，
拒不承认血液缠扰不休的关系，
自己影子中的影子，自己阴郁中的幽灵，
堆满尘土的房里留下混乱的纸张，
领了临终圣餐后，活于一片寂静之中。
为基特里尔⑤祈祷，他追求速度和权力，
为鲍丁祈祷，他被人炸得血肉横飞，
因为前一个人发了大财，
而后一个人走了自己的路，
为弗劳莱特⑥祈祷，他在紫杉中被猎犬撕碎，
现在为我们祈祷，在我们出生的时刻祈祷。

裘小龙　译

---

① 原标题为拉丁文，Animula，诗写的是一颗小小的灵魂的成长过程。
② 第 1 行诗引自但丁《神曲 · 炼狱篇》第 16 歌，艾略特稍作修改。
③ 这是从弗 · 赫 · 布拉德利著作中引申出的，他的《现象和实在》探讨了现象（看来）和实在（存在）的区别，这里暗示成长中的灵魂所面临的问题。
④ 从这行起，艾略特描绘缺乏宗教信仰的灵魂。
⑤ 艾略特本人说过：基特里尔和鲍丁“代表两种不同类型的生涯，前者是机器时代的成功者，后者死于上一次战争（即第一次世界大战）”。
⑥ Floret，艾略特说是一个虚构的名字。

玛　丽　娜[1]

这是什么地方,什么区域,世界的什么角落? [2]

哪些海洋哪些海岸哪些礁石哪些岛屿
哪些海水轻轻拍打船舷
松树的芳香和画眉的歌声透过浓雾
哪些意象回旋
噢，我的女儿

那些磨尖狗[3]的牙齿的人，意味着
死亡
那些与蜂鸟的光彩一起闪耀的人，意味着
死亡
那些端坐在满足的猪圈中的人，意味着
死亡
那些享受动物的狂喜的人，意味着
死亡

他们变得轻若鸿毛，为一阵风吹去
一阵松涛，画眉的歌声，浓雾的回旋

在这个恩惠中溶失于空洞

这张脸是什么，更模糊而更清楚④
手臂的脉动，更虚弱而更强壮——
给予或借于？比星星更远，比眼睛更近

窃窃低语和悄悄笑声在树叶间和匆匆的步子中
在熟睡中，那里海浪相遇海浪。

第一斜桅结冰断裂，油漆过热而剥落。
我做了这次航程，我已忘却，
现在又记起。
索具脆弱，船帆腐烂
在一个六月和另一个九月之间。
做得无人知晓，也仅仅意识到一半，秘密的，我自己的。
龙骨翼板的外板漏水，船缝需要堵紧
这个形式，这张脸庞，这种生活
活着为了生活在一个超越自我时间的世界里；让我
为这种生活摒弃我的生活，为那没说的词摒弃我的词，

---

① 这首诗取材于莎士比亚的《泰尔亲王配力克里斯》（*Pericles*，*Prince of Tyre*）。戏中亲王的女儿玛丽娜生在船上，但于旅途中走丢，亲王认为她已经死去。后来玛丽娜长大，奇迹般地回到父亲身边。艾略特认为“相认”这一幕很了不起，是“纯戏剧化的完美范例”。评论家一般认为艾略特借用这一戏剧场景，描叙他自己在宗教中找到生活的真正意义，因此也是一种失而复得的狂喜。

② 出自塞内加（Seneca，约前 4 — 65）的悲剧《疯狂的赫拉克勒斯》（*Hercules Furens*）。赫拉克勒斯在因朱诺引起的一场疯狂中杀害了全家后，渐渐醒悟到自己的罪行，说了这段话。艾略特用这段引语，将恐惧变成了新生的惊讶。

③ 狗在这里作为威胁和邪恶的象征。

④ 这几行也可指剧中父亲刚看到他女儿的情景。

那苏醒的嘴唇张开，那希望，那新的船只。

哪些海洋哪些海岸哪些花岗岩岛屿向着我的船骨
画眉透过浓雾啼啭
我的女儿。

裘小龙　译

圣诞树的栽种

对圣诞有几种态度
有些我们也许不屑：
社交联谊，死气活样，公然牟利，
吵吵嚷嚷（酒馆午夜才打烊），
和孩子气——可不是孩子的稚气
对孩子来说，烛火是星辰，熠熠的天使
在圣诞树端张开翅膀
不但是装饰，而且是天使。
孩子好奇圣诞树：
让他继续他的好奇
为圣餐何以为盛事而不是当作由头；
以便那闪烁的欢喜，那记忆中
最初的圣诞树带来的惊奇，
以便那些讶异，那些新礼物带来的欢悦
(每一个都有别样的动人的味道)，
对鹅或火鸡的期盼
以及待其出现时那预料中的敬畏，
以便这份礼敬和欢愉
在后来的经验里，
在百无聊赖的习以为常，在疲惫、厌倦，

在对死的体认、对失败的觉知里，
抑或在也许沾染几分自负
不为上帝所喜也不为孩子所敬的
皈依的虔诚中，不会忘却
(这里我满怀感恩忆起
圣露西[①]，忆起她的颂歌，她的烈焰之冕)：
以便在终点前，在第八十个圣诞节前
(“第八十”意味着无论如何都是最后了)
一年一度的情感累积的记忆
也许会凝成一个巨大的喜乐
也是一个巨大的畏惧，一如
巨大的畏惧临降每个灵魂之际：
因为起点提示我们终点
初临让我们想到重临[②]。

董伯韬　译

① St. Lucy，童贞殉道的圣露西为西西里岛锡拉库萨市的主保圣人。
② 指基督再次降临人世。

其　他

小　老　头[1]

你既无青春也无老年，
而只像饭后的一场睡眠，
把两者梦见。[2]

这就是我，干旱的月份里，一个老头子，
听一个孩子为我读书，等着雨，
我未曾到过火热的城门[3]，
也未曾在暖雨中鏖战，
更未曾在没膝的盐沼里挥舞弯刀，
挨飞蝇的叮咬，苦战。
我的房子是一幢倾颓的房子，
那犹太房东蹲在窗台上，
他出生于安特卫普的某家咖啡馆，
在布鲁塞尔长疱，在伦敦又给人拼拼补补。[4]
头上那片田野里，山羊一到夜间就咳嗽；
岩石、青苔、景天、烙铁，还有粪球。
那个女人操持厨房，煮着茶，
到傍晚打喷嚏，一边拨着劈啪的火。
　　　　　　　　　　　　我是个老头子，

风口里一个迟钝的脑瓜。

朕兆现在被人看作奇迹。“显个朕兆给我们看看！”⑤
道中之道，⑥说不出一个词，
裹在黑暗中。在一年的青春期⑦
基督老虎来了。

在堕落的五月里，山茱萸、栗子、开花的紫荆，⑧

---

① 原标题为希腊文，Gerontion。这是首运用了戏剧性内心独白的诗，一个老人正在回顾他的一生，试图寻找一种可以信奉的东西，但就像他居住的那个世界，他已丧失了爱情和信仰。艾略特原拟把此诗作为《荒原》的引诗，后经庞德劝阻，将它单独发表。诗一开始的戏剧性场景是：一个“悲观绝望”“无能为力”的小老头在等待象征着具有复活生命能力的雨（即《荒原》中的水），一边让一个孩子读书，书中的内容多少唤起了小老头与之有关的思想和联想。

② 出自莎士比亚《一报还一报》第3幕第1场。戏中公爵告诉即将受刑的人，生活不值得留恋（这里的“你”指的就是生活），而且人压根儿就没有过生活，所有的至多是梦中的经历。引诗点明了全诗的主题。

③ hot gates，一个富于性欲意味的意象，同时是斯巴达人勇挫波斯人的德摩比利山口（Thermopylae）的字面意思，是书中可能涉及的英雄故事延伸后的联想，与小老头的处境形成对比，因为小老头的过去一事无成，现在的境况更是肮脏和堕落。从“我的房子……”起转写现在。

④ 暗指性病的症状和治疗。

⑤ 参见《圣经·新约·马太福音》第12章第38—39节。

⑥ 参见《圣经·新约·约翰福音》第一句，这句话后来也是艾略特推崇的兰斯洛特·安德鲁斯主教（Lancelot Andrewes，1555—1626）一次布道的主题。

⑦ 从18行到22行，小老头把基督想象成一种可怕的、尽管又是令人羡慕地强大的野兽。基督在春天受难，因此是“在一年的青春期”；而那时他传的“道”，在一个贬低基督教信仰的世界里，是无法理解的。小老头仿佛模模糊糊感到拯救在于“道中之道，说不出一个词”。参见布莱克（William Blake，1757—1827）的《老虎》（*The Tiger*）一诗，上帝的力量和愤怒、同情和温和，分别在虎和羊的形象中得到体现。

⑧ 这一段和下一段中出现的人物都正处于戏剧性的“包孕的时刻”中，充满了暗示性。这些人名都是杜撰的，象征着非基督教文明的产物。所有这些形象和行为可视作回忆中的内容，也可理解为小老头周围没有真正值得回忆的东西。利摩日是法国一个以瓷器出名的城市。“空空的梭子”也许出自《圣经·旧约·约伯记》第7章第67节中约伯的哀叹：“我的日子比梭更快，都消耗在无指望之中。求你想念，我的生命不过是一口气；我的眼睛必不再见福乐。”于是小老头吐出了关键性的一句：“我没有魂。”魂象征着神圣的信仰上的实体。

给人吃掉，给人分掰，给人喝下，
在窃窃私语中，那是西尔弗罗先生
用爱抚的手，在利摩日城，
他曾在隔壁的房间里通宵踱步；

那是博川先生，在提香式的画像中鞠躬，
那是德 · 汤奈斯特夫人，在黯黑的房间里
移动蜡烛，冯 · 库尔普小姐
在大厅里转过身，一只手放在门上。
空空的梭子
织着风。我没有魂，
一座通风的房子里一个老头子，
在多风的山丘下。

有了这样的知识，得到什么宽恕呢？想一想，①
历史有许多捉弄人的通道，精心设计的走廊、
出口，用窃窃私语的野心欺骗我们，
又用虚荣引导我们。想一想，
我们注意力分散时她就给，
而她给的东西，又在如此微妙的混乱中，

---

① 此段中小老头的意识流向了历史，幻灭是由于意识和理性的空虚和徒劳导致的，只是他还得对历史来一番内心独白的思考。人们是否能从历史中得到绝对真理的知识呢？这样的知识是否能在寻找精神拯救的过程中指导人们呢？艾略特以为它的价值令人怀疑："小老头曾经满足于一个追求，但在他的晚年以失败告终，因此陷入了现在的困境。"也有评论家认为，艾略特这几行诗中的历史观受到《亨利 · 亚当斯的教育》（*The Education of Henry Adams*）一书的影响，尤其是亚当斯论述人类知识的越来越复杂的一段：在亚当斯看来，二十世纪初，历史学家面对一个远为广大的宇宙，旧日的一条条小路（象征性的）则变得无法再走了。

因此给更使人们感到乏。太晚地给，
那些已不再相信的，或如果还相信的
只是在记忆中重新考虑的激情；太早地给，
给入软弱的手，那些可以不用思想的东西，
最后拒绝也产生出一种恐惧。想一想，
恐惧和勇气都不能拯救我们，违反人性的邪恶
产生于我们的英雄主义，德行
由我们无耻的罪行强加给我们。
这些眼泪从怀着忿怒之果的树①上采下。

老虎在新年里跳跃。他吞下我们。最后想想，
我们还未达到结论，而我
在一家出租的房子硬挺。最后想想，
我不是漫无目的地做了这番表演，
那也不是因为向后看的魔鬼
挑动了才做出的。
这一点上我将直率地对你说。
我曾经是靠近你心的，已从那里移开，
在恐惧中失掉美，在宗教裁判中失掉恐惧。
我已失去了我的激情：为什么我必须保持它——
既然那保持的东西也必然会腐败？
我已失去了我的视觉、嗅觉、听觉、味觉和触觉；

① the wrath bearing tree，暗指《圣经·旧约·创世记》中的“善恶知识之树”。夏娃违反主的话，从树上摘下禁果，于是主对人发了火。从这行起小老头再次从历史想到宗教，既然他拒绝信仰，他只能被作为时间概念的历史吞噬，生活实际上是漫无目的的表演，“他吞下我们”是不信仰者绝望的最后写照。

为什么我要为了更近地接触你运用这些功能？

这些，还有一千种微不足道的深思熟虑[①]
延长它们冰冷了的昏话的利益，
当感受冷却了，用有味的汁液
刺激着那层薄膜，在一片镜海[②]中
大大增加了变化。蜘蛛会做什么呢，
暂停它的作业？象鼻虫会
迟迟不来吗？德·拜哈什、弗莱斯卡、卡莫尔夫人
旋转着飞到颤抖的大熊星轨道之外，
变成了碎裂的原子。迎风展翅的海鸥，在多风的
贝尔岛海峡，或合恩角上盘旋，
雪中的白色羽毛，为湾流索去，
一个老人，被信风驱赶到
一个昏昏欲睡的角落。

房子的住户，
干旱季节里干枯头脑的思索。

裘小龙　译

---

① 最后一段，在小老头脑海中半睡半醒的意识和潜意识流动着，缺乏信仰的生活被褫去了一切意义，一切都变成了碎裂的原子。海鸥这生命的象征、纯洁的象征也被湾流吞噬了，老人只能被历史的信风吹到一个昏昏欲睡的角落，毫无希望地等待着生命的甘雨。结尾两行中“房子”和“住户”是外部和内部世界的总对应物，干枯的头脑和干旱的季节一样急需复活生命的雨水。

② a wildness of mirrors，出自本·琼森（Ben Jonson，1572—1637）的戏剧《炼金术士》（*The Alchemist*）。戏中一个淫棍在床的四面放了镜子，这样就能到处看到寻欢作乐的种种情景。从上面和下面的一行来看，“镜海”一词是很有暗示性的。

笔直的斯威尼[1]

还有我身边的树，
让树木干枯、枝叶飘落，让岩石
在波涛不断的拍打下呻吟，在我身后
形成一片荒凉。看吧，看吧，姑娘们！[2]

为我画一片洞穴遍布的荒凉海岸，
背景就取那不平静的基克拉泽斯群岛；
为我描绘峭拔的、嶙峋的岩石，
面对着大海翻腾的波涛呼号。

在我的头顶上描出埃俄罗斯[3]，
埃俄罗斯把作乱的狂风察看，
狂风吹乱阿里阿德涅[4]的头发，
又猛鼓起作伪证的船帆。[5]

早晨挪动双脚和双手
（瑙西卡[6]和波吕斐摩斯[7]）。
大猩猩所作出的姿势
裹着浴巾从蒸汽中升起。

这一绺绺毛发枯萎的底部
在下面分开，又在目光下深深切入，
在牙齿中这个椭圆形的O猛突：
来自大腿上的镰刀般的动作。

一把把折刀朝上放在膝上
接着又从脚踵到臀部挺直
猛推着那张床的框架，
紧紧地咬枕头套子。
斯威尼全身打扮好了，要刮一刮
屁股滚圆，颈部到底部粉红一色。
斯威尼可深知女性的德性，

---

① 诗的标题暗示着淫乱无度的性生活。此外也可参看爱默生的文章《论自助》(*Self Reliance*)。爱默生说："如果一个人，知道力量是内在的，知道因为人得寻找身外的美德而是软弱的，那么当他意识到这点后，毫不犹豫地开动思想，立即改正他的缺点，用笔直的姿势站立，命令他的四肢，创造奇迹；正像一个用脚站立的人比一个用头站立的人要强。"这当然是爱默生理想的人的形象。这首诗的第25、26行提到了爱默生。艾略特显然是把"笔直"的"现代人"和爱默生笔下理想的人进行对比，对现代人的荒淫和堕落作出嘲讽和抨击。

② 诗首引语出自英国十七世纪初期戏剧家弗朗西斯·鲍蒙特（Francis Beaumont，1584—1616）和约翰·弗莱彻（John Fletcher，1579—1625）合著的悲剧《少女的悲剧》(*The Maid's Tragedy*)。这段话是剧中女主角阿丝帕蒂失去她的爱人后说的。

③ Aeolus，希腊神话中的风神。

④ Ariadne，希腊神话中克里特皇帝弥诺斯的女儿。她爱上了忒修斯，帮助他逃出迷宫并嫁给了他，忒修斯后来抛弃了她。她在纳克索斯岛自缢身亡。

⑤ 忒修斯杀死人身牛头怪物后，起帆回家，但他忘了在船上挂起表示凯旋的帆，他父亲远远地看到船，以为儿子已死，在绝望中自杀。

⑥ Nausicaa，希腊神话中法埃亚科安岛的阿尔喀诺俄斯皇帝的女儿。尤利西斯在岛上遇难，赤身裸体，仅遮着片苜蓿叶子；她把他带到了皇宫中加以款待。

⑦ Polypheme，希腊传说中的独眼巨人，住在西西里岛。当尤利西斯在此登陆时，他吞下了尤利西斯船队中的六个人。另一个故事里，波吕斐摩斯爱上了海仙女伽拉忒亚，但她钟情于牧羊人阿喀斯，巨人一怒之下将阿喀斯在一块岩石后击得粉碎。两则故事均见《奥德赛》，也都是发生在早晨，因此上句的"早晨"引出描绘斯威尼的早晨。从这段起，诗转入斯威尼与一个歇斯底里的妓女胡闹的场景，诗在比较晦涩的句子中有着很强的暗示性。

他擦去了脸上的肥皂泡沫。

(一个人的拖长的影子
是历史，爱默生曾经论证，
他那时可未曾见到过斯威尼
在阳光下跨立①的侧影。)

他在他的腿上试试剃刀
等着尖叫声声慢慢消减
床上的那个癫痫症患者
朝后缩成一团，抓住自己身体两侧。

走廊里的各位淑女
觉得自己沾上边而丢脸，
唤来了证人为她们的原则作证，②
并痛斥趣味的缺乏检点。

看到那一种歇斯底里
人们容易误解真情；
特尔纳夫人③暗示着说
这对那座房子可真有点损。

---

① “跨立”一词暗示了斯威尼与妓女的姿势。
② “淑女”系反嘲之笔，实际上是一群妓女；“为她们的原则作证”，似乎是要说她们一般是拒绝剃刀乱剃这种胡闹的。
③ 妓院老鸨。

可是陶利斯[1]，裹着一块浴巾
大脚板啪啪地走进屋里，
手里带着一瓶法国香水
还有一杯纯白兰地。

裘小龙　译

① 陶利斯在其他“斯威尼组诗”中也出现过。他手中的“香水”和“白兰地”又是暗示性很强的东西。

一只处理鸡蛋[①]

在我十三岁的那一年
我饮下了我所有的羞愧……[②]

媲媲特[③]端坐在她的椅子里，
　　与我坐的椅子隔一段距离；
一本《牛津大学全貌》放在
　　桌上，还有她编织的东西。

她祖父和她曾祖母的
　　银盘板相片[④]和侧面黑影像，
壁炉架上还支放着
　　“舞会的请帖”[⑤]一张。

……

我不会缺少天国中的荣誉，
　　因为我将遇到菲利普·锡德尼爵士[⑥]，
还能与科利奥兰纳斯[⑦]谈话
　　以及其他那一类脾气的人物。

我不会缺少天国中的资本，
　　因为我将遇到阿尔弗雷德·蒙德爵士，[⑧]
我们两人将依偎在一起，销魂于
　　百分之五的英国国债券里。

我不会缺少天国中的社交，
　　卢克蕾西娅·博尔吉亚[⑨]将是我的新娘；
她的轶事会比嬖嬖特的经历
　　所能告诉的更令我心花怒放。

我不会缺少天国中的嬖嬖特：
　　勃拉瓦茨基女士[⑩]准会解说，
引导我于七重神圣游仙[⑪]

---

① 在原诗中指一种微微有味的鸡蛋，只能煮了吃，不能拌生菜。

② 原文为法文 En l'an trentiesme de mon aage/Que toutes mes hontes j'ay beues . . . ，法国诗人弗朗索瓦·维永（François Villon，约 1431—1463）的《伟大的声明》（*Le Grand Testament*）的起首两行。诗人在诗中回顾了他的罪行，颇有后悔之意，但他又不能不承认他的情欲和贪欲。

③ Pipit，也许是个女孩子的昵称。此外，希腊文中"蛋黄"的发音是"嬖嬖"；在星相学家看来，这还是个带魔力的词。有评论家认为艾略特用这个名字，是双关的。

④ Daguerreotypes，用世界上第一个成功的摄影法达盖尔式照相法获得的相片。

⑤ 也许是一场音乐会的名字，十九世纪有好几支歌曲和钢琴曲都是这个名字。

⑥ Sir Philip Sidney（1554—1586），英国伊丽莎白时代一位模范人物，杰出的政治家、朝臣、诗人、艺术的赞助者。他临终时（死于迎击西班牙舰队的一场战役中）还将一杯水让给其他负伤的战士，体现了人道主义理想。

⑦ Coriolanus，莎士比亚《科利奥兰纳斯》的主角，一位为毁灭性的、自私的英雄主义所驱使的人物。

⑧ Sir Alfred Mond（1868—1930），英国著名工业资本家，帝国化学工业公司的创始人。

⑨ Lucretia Borgia（1480—1519），意大利臭名昭著的博尔吉亚家族中一员，她曾订婚六次，结婚四次，与意大利最高贵和最有势力的家庭都有关系。

⑩ Helena Blavatsky（1831—1891），俄国著名的招魂术者和作家。

⑪ Seven Sacred Trances，招魂术中的一个术语。

庇加达 · 德 · 杜纳底[①]会指点我。

……

但哪里是我买下的便士世界[②]
与媿媿特一起在屏风后吃饭？[③]
红眼睛的食腐动物正匍匐地
在肯提许镇和哥尔德的草坪[④]中出现

哪里是雄鹰[⑤]和号角？

埋在积雪深深的阿尔卑斯山下。
对着涂了黄油的烤饼和碎片，
声声哭泣，声声哭泣的众人
走进了一百家 A. B. C[⑥] 分店。

裘小龙　译

---

① Piccarda de Donati，《神曲 · 天堂篇》第 3 歌中在天堂里引导但丁的修女。

② penny world，这个词原先是在糖果和面包行业中使用的，可指各种各样的糖果和饼干，艾略特用这个词，是取它的形而上意味。

③ 十九世纪，英国某些家庭有一个习惯：孩子和大人们同时吃饭，但他们的桌子是分开的，中隔一屏风。

④ 伦敦的北部郊区。

⑤ 雄鹰是罗马帝国的象征，尤其经常画在军旗上，与下面一行诗联系起来看，可能指罗马帝国的一支军队在阿尔卑斯山下覆灭。与上段象征性的“食腐动物”成对照。

⑥ 全称为 Aerated Bread Company，1862 年创立于英国的面包公司，尤以 1864 年开始经营的众多茶社闻名。

河　马[1]

你们念了这书信,便交给
老底嘉的教会,叫他们也念。[2]

那匹肩背宽厚的河马
把肚皮贴在泥淖上休息;
虽然他显得坚不可摧,
却也仅仅是血肉之躯。

血肉之躯可又弱又脆,
经受不起神经的震荡;
而真正的教会[3]永不倾颓,
因为建筑在岩石之上。

为了把物质目的达到,
河马无力的脚步也许偏离,
而真正的教会从不需要
动一动来收取红利。
河马永远也不能够
吃到芒果树上的芒果,

但来自海外的梨子和石榴
使教会生机勃勃、精神振作。

每当交配时，河马高高的
嗓门漏出嘶哑和奇特的变音，
但每一个星期，我们听到
教会与上帝合为一体，充满欢欣。

河马的白天在昏沉沉的
睡眠中度过，到了夜间捕食
上帝用一种神秘的方式劳动——
教会还真能一下子又睡又吃。

我曾看到河马临空翱翔，
从潮湿的热带草原上飞起，
合唱的安琪儿围着他歌唱，
一声声和散那④赞扬着上帝。

羊羔的血液⑤将会把他洗净，
天堂的臂膀将会把他拥抱，
人们将会看到，在圣火中

① 这首诗表面上把世俗的生活比作河马，与教会形成对照，但艾略特还有一层更深的嘲讽。不过，这里主要指的是罗马天主教教会。
② 引自《圣经 · 新约 · 歌罗西书》第 4 章第 16 节。
③ True Church，罗马天主教教会自称是“真正的教会”。
④ hosannas，用于赞美上帝的祷告词。
⑤ Blood of the Lamb，耶稣被视作牺牲的羊羔，他的血液洗净了人们的罪恶。

他在金色竖琴上弹着曲调。

献身的处女们的贞洁高尚
将把他洗得雪一般洁白，晶莹；
而真正的教会依然留在下方，
裹在那古老的瘴气中。

裘小龙　译

不朽的低语[1]

韦伯斯特[2]老是想着死亡，
因此他透过皮肤看到骷髅，
看到地下再无呼吸的躯体
向后靠着，露出烂掉嘴唇的狞笑。

水仙花球[3]，而不是眼球，
从眼眶里向外直直地瞪视！
他知道思想紧绕死去的肢体
在加紧其欲望和奢侈。

多恩[4]，我想，正是又一个这样的人，
他发现一切都不能把感觉替代，
去抓住，去捏紧，去渗透；
超越了一切经验的专家，

他熟知骨髓中的痛苦，
还有那骷髅的疟疾，
皮肉所可能有的接触
都不能减轻骨头的高热。

……

格莉许金可真娇好，充满俄国情调的
眼睛下面描了一道黑，更把效果增强，
她不穿紧身胸衣，亲切的胸部
给人精神上[5]无比幸福的希望。

那只蹲下的巴西美洲虎
用一只狸猫强烈的臭气，
紧逼着四散奔走的狨，
格莉许金拥有一间小屋子；

那只皮毛光滑的巴西美洲虎，

---

① 标题戏仿华兹华斯（William Wordsworth，1770—1850）《童年时代的回忆对永恒的暗示》（*Ode*：*Intimations of Immortality from Recollections of Early Childhood*）。华兹华斯主要写的是人怎样在经验中失去天真，艾略特则是借题发挥。诗通过对比和平行的结构来取得独特的效果。在前面四段中，艾略特写到了十七世纪的那些诗人和戏剧家，他们老是想着死亡，他们知道所有的知识都来自感觉（肉体），但感觉总是要衰败的，无法满足最终的渴望，因此对他们来说，这种认识带来了痛苦。在后面四段中，格莉许金，一个有名的妓女，除了肉体还是肉体，就像动物一样，而抽象的哲学偏偏也受她的魅力吸引。艾略特一方面表现出对这样一种女性的厌恶，但格莉许金又代表着抽象的哲学所缺乏的一切。艾略特攻读过哲学，这首诗也有对哲学的反思意味。

② John Webster（约1580—约1625），英国戏剧家，作品中充满了关于欲望、暴力和死亡的描写，艾略特故意把他关于死亡的苦思冥想与格莉许金这一女性形象形成对照。

③ 参见韦伯斯特《白魔》一剧中的诗行：“一个死人的骷髅在花根下。”

④ John Donne（1572—1631），英国玄学派诗人。艾略特的论文《玄学派诗人》中有这样一段话：“丁尼生和勃朗宁是诗人，他们思想；但是他们不是像闻到一朵玫瑰的芳香似的直接感受到他们的思想，对于多恩来说，一个思想是一种经验，修饰他的感性。”在此诗中，艾略特把多恩那种对血肉之躯的感受引申开去了。

⑤ pneumatic，此词出自希腊文，放在这里有反嘲之意。

置身于茂密的树荫黯黑，
也未能像格莉许金在一间客厅中
散出一股如此强烈的气味。

甚至那抽象的存在[1]
也围绕着她的魅力运转；
但我们的命运在干肋骨中爬，
来保持我们的形而上学温暖。

裘小龙　译

---

① Abstract Entities，一个半带哲学意味的玩笑，表示格莉许金的吸引力甚至比哲学还要强。

艾略特先生的星期日早晨礼拜[①]

瞧，瞧，主人，来了两个搞宗教的毛虫。
——《马耳他岛的犹太人》

子女众多的[②]
主的聪明随军商人[③]
飘过了窗玻璃。
在开始时是道。[④]

在开始时是道。
一个人的异期复孕[⑤]，
在时间的量的转折点上
产生了无力的奥利金[⑥]。

翁布里亚派[⑦]的一个画家，
在石膏粉地上画出
施洗中上帝头上的光轮。
荒野到处开裂，而且棕黄。
通过苍白又稀薄的水流
依然闪耀着对谁都不抱恶意的双足，
那里，在画家的上面坐着

圣灵还有圣父。

……

身穿缁衣的长老走近
忏悔的大道；
年轻人脸色通红，长着脓疱，
把赎罪的便士抓牢

……

在苦行赎罪的大门下[8]
大门为瞪目的六翼天使支撑，
那里虔诚的信徒的灵魂
燃烧得黯淡无光，无形。

---

① 这首诗写得较晦涩，大意如下：人们似乎可以在宗教仪式中瞥见天堂，但是人们生活的背景却远远不是如此。随军商人、蜜蜂和基督教学者的相同性和不同性故意混在一起了；“无两性特征”的蜜蜂，“抓住赎罪的便士”的青年和身穿黑衣服的教士更暗示着性欲的荒淫无度，以至于人们都像随军商人那般了，而神学学者们却在一旁争论不休。诗还写信仰的困难。

② Polyphiloprogenitive，艾略特杜撰的词，暗示随军商人的后代特别繁多。

③ sapient sutlers，在此诗中有多种意思，在第 25 行中，他们象征着飞过教堂窗户传授花粉的蜜蜂,与第一节相呼应。另一种“随军商人”指的是那些饱学的基督教学者，他们对《圣经》的争论和注释众说纷纭。这也是二世纪到六世纪的基督教历史中的一个特点。

④ 参见《圣经 · 旧约 · 约翰福音》第 1 章第 1 节。

⑤ Superfetation，生理学名词。

⑥ Origen（约 185—约 254），基督教早期杰出的神学家，著名希腊教父之一。他最伟大的著作是《六文本合参》，即六种文本并列的《旧约》。“无力的”一词指奥利金为了精神的健全，给自已动了宫刑。

⑦ Umbrian school，意大利中部十五世纪绘画流派，此处说的是这个流派的一幅耶稣受洗图。这个题材的一般处理是耶稣站在一条小河里，施洗者约翰在他头上洒水。天空中的圣灵常被描绘成一只鸽子，上帝从云缝中向下俯视。

⑧ 这里也许又是指一幅图，描绘炼狱的大门，灵魂必须通过此门，洗净罪恶。

沿着花园墙，毛茸茸肚皮的
蜜蜂，在生雄蕊的
和生雌蕊的花中间飞过，
无两性特征的人的有福的办公室。①

斯威尼从左臀转到右臀
把他浴盆中的水晃动，
那些学校的深奥的师长
满口争论，真是博学的人。

裘小龙　译

① 这行诗指蜜蜂的“中间人”功能——传播花粉。

夜莺声中的斯威尼[1]

哎，我受到了致命的一击！

阿泼耐克 · 斯威尼敞开两腿，
垂下双臂，哈哈大笑个不停，
下巴上斑马一样的根根线条
胀得粗粗的，就像长颈鹿的条纹。

一圈圈预示着暴风雨的月晕
朝西边的普拉特河[2]悄悄滑行；
死亡和乌鸦[3]在上空飘过，
斯威尼守卫有角的门。

阴郁的猎户座[4]和天狗星座
蒙了面纱；使那缩小的海洋无声；
那个披着西班牙斗篷的娘儿们
想要在斯威尼的膝上坐正，

但滑落下来，拖着一块桌布，
把一只咖啡杯掀翻在地，
她在地板上重新组织起来，

呵欠着，把一只长袜子拉起；

那穿深咖啡衣服的男人，默默
斜卧在窗台上瞪目凝视；
侍从给房间里送进香蕉果
还有温室里的葡萄和橘子；

那穿棕色衣服的脊椎动物
收缩一下，凝神细思，然后走开；
拉歇尔，本姓拉比诺维支，
用杀气腾腾的爪子撕着葡萄；

她和披着斗篷的娘儿们

---

① 要理解这首诗，必须熟悉艾略特的一个艺术手法：用典故法。诗首引语原为希腊语，是特洛伊战争时希腊统帅阿迦门农被刺临终前的话，为全诗内容的提示。夜莺的典故出自奥维德（Ovid，前43—17）《变形记》（*Metamorphoses*）第6章之菲罗墨拉。故事大意说国王忒瑞俄斯娶普洛克涅为妻，生儿子伊堤斯。数年后，国王请他妻子的妹妹菲罗墨拉做客，见她貌美，将她诱入一山洞强奸，并割去了她的舌头。普洛克涅知情后十分愤怒，杀死儿子，忒瑞俄斯知悉后又杀了两姐妹。普洛克涅变为夜莺，菲罗墨拉变为燕子。也有评论家认为诗中的“夜莺”典出伊丽莎白·勃朗宁（Elizabeth Barrett Browning，1806—1861）的诗《夜莺声中的贝安卡》（*Bianca Among the Nightingales*），诗写到了阿伽门农之死，诗中夜莺的叫声是跟仇恨与死亡紧紧相联的。此外，英语俚语中“夜莺”亦有妓女之意。这样，艾略特的诗就暗示了阴谋、女人、谋杀等内容。同时，艾略特用典又隐含着古今对比法，如上面的典故是悲剧，可剧中人却是真正悲壮的个性极强的人物，而诗里的斯威尼虽生犹死，毫无掌握命运的能力，只是临死时才与希腊的英雄有一种表面的相似（因为可以说悲剧的起因都在于女人和奸人的阴谋）。诗结束时，斯威尼仿佛稍显清醒，要脱身离去，但“夜莺的歌声越来越近”，悲惨的命运仍然笼罩着他。

② Plate River，美国南部的一条河流。

③ Raven，一星座名。此外也可能与美国诗人爱伦·坡的名诗《乌鸦》（*The Raven*）有关，使人联想到阴森可怖的背景。

④ Gloomy Orion，猎户座是明亮的，此处可能是指希腊神话中的猎人奥利安，他爱上了希俄斯国王的女儿梅罗普，但国王不喜欢他，且让他双目失明，这个命运自然是阴郁的。

被怀疑为属于某一个黑帮；
因此那个目光滞重的人
不受抬举，显出疲倦的模样；

离开了房间，而又重新出现
在窗子外，把身子往里伸进，
几束老槐树的树藤
划了一个金色的笑容；

主人和一个身份莫测的人
在半开的门边低声谈，
夜莺的歌声越来越近
那座圣心女修道院[1]，

夜莺也曾在鲜血淋淋的林子里唱，
那时阿伽门农正高声呼叫，夜莺
撒下湿漉漉的排泄物
沾污那僵硬而不光彩的尸布。

裘小龙　译

---

① Convent of the Scared Heart，天主教的一个派别，美国南部有它的许多分支。

斗士斯威尼[1]

奥莱斯特思　你看不见他们，你看不见——但我看见他们：他们正在追赶我，我必须往前走。

——《祭酒人》[2]

因此灵魂不能有神圣的结合，除非能从自身去掉造物的爱。

——圣十字约翰[3]

---

① 艾略特没有将《斗士斯威尼》的这两个片断归入诗剧，而是收到“未完成的诗”的总标题下，显然有他的道理。

从语言的节奏来看，这两个片断读起来十分有力、强烈，但仅仅是这样的节奏还难以到舞台上真正演出，因为戏剧的展开总还需要一些其他的东西。国外也有评论家指出，《斗士斯威尼》比后期的诗剧更为成功，颇有一些荒诞派戏剧的韵味。

《斗士斯威尼》的主角自然是斯威尼。在艾略特的笔下，斯威尼是下层世界的代表人物，没有文化、缺乏头脑，斯威尼讲的是不堪入耳的粗话，做的是荒淫无度的粗事，出没的地方不是酒馆，就是妓院。在这两个片断中，他显然也是和一些不正经的男女混在一起，属于那种“有身无灵、有欲无情”的典型。不过，艾略特对斯威尼的态度多少是矛盾的。根据艾略特的传记，艾略特本人显然更接近普罗弗洛克的类型，优柔寡断、苍白无力、缺乏投入真正的生活的激情。正是在这个意义上，斯威尼所代表的那种生活依然有着独特的吸引力。当然，艾略特根本没有这种生活经验，他笔下的斯威尼或斯威尼式人物往往是不真实的，至少是不全面的。

除了这两个片断，斯威尼还在《笔直的斯威尼》、《夜莺声中的斯威尼》以及《荒原》中出现过，可以参照着看。

② *Choephoroi*，古雅典悲剧作家埃斯库罗斯（Aeschylus，前 525 或 524—前 456 或 455）作品。

③ St. John of the Cross（1542—1591），西班牙神秘主义者、著名抒情诗人。

序诗的片断

达斯蒂、陶利斯

达斯蒂　帕雷拉怎样？
陶利斯　　　　　　什么帕雷拉怎样？
　　　　我不关心。
达斯蒂　　　　　　　　你不关心！
　　　　谁付租金？
陶利斯　　　　　是的，他付租金
达斯蒂　哦，一些人不付一些人付
　　　　一些人不付，是谁你清楚
陶利斯　你可以算上帕雷拉
达斯蒂　　　　　　　　帕雷拉怎样？
陶利斯　他不是正人君子，帕雷拉：
　　　　你压根儿不能信他！
达斯蒂　　　　　　　　哦，确实如此。
　　　　如果你不能信他，他就不是正人君子

　　　　还有如果你不能信他——
　　　　你就永远也吃不准他要做什么。
陶利斯　要对帕雷拉太好了可不行。

达斯蒂　我说山姆是个十足的正人君子。

陶利斯　我喜欢山姆。

达斯蒂　　　　　我喜欢山姆。

是的，山姆真不赖。

他是个有趣的家伙

陶利斯　　　　　　　他是个有趣的家伙

他很像我认识的一个家伙。

他就是能让你笑出声。

达斯蒂　　　　　　　　　山姆就是能让你笑出声，

山姆就是行。

陶利斯　　　　　但帕雷拉偏偏做不到。

我们不能指望帕雷拉

达斯蒂　　　　　　　　　那么你要做什么?

电　话　丁零零丁零零

丁零零丁零零

达斯蒂　　　　　　那是帕雷拉打来的

陶利斯　是的，是帕雷拉打来的

达斯蒂　　　　　　　　　　那么你怎么办?

电　话　丁零零丁零零

丁零零丁零零

达斯蒂　　　　　　　就是帕雷拉打来的

陶利斯　你让这可怕的声音停一停吧?

拎起那只听筒

达斯蒂　　　　　　我说什么呢?

陶利斯　随便你说什么，说我病了，

说我在楼梯上摔断了腿

说我们遭了一场火灾

达斯蒂　　　　　　　　　　哈罗哈罗你在吗？

是的，这是陶利斯女士的公寓——

噢。帕雷拉是你吗？你好呀！

哦，我真遗憾，真遗憾

陶利斯回家来得了重伤风

不，仅仅是伤风

呃，我觉得那只是伤风

是的，我确实这样希望——

唔，我希望我们不用去请医生

陶利斯不愿和医生打交道

她说星期一给你打电话

她指望星期一就全好了

我挂电话你可不介意吗？

她把腿泡在芥末和热水中

我刚才说我正给她芥末和热水，

好吧，星期一你打电话过来。

是的，我会告诉她。再见。再再见。

你真好，我可是信了。

　　　　啊——啊——啊

陶利斯　我要为今夜算算牌。

哦，猜猜首先是什么

达斯蒂　　　　　　　　　　首先是。是什么？

陶利斯　草花 K

达斯蒂　　　　是帕雷拉

陶利斯　也许是斯威尼

达斯蒂　　　　　　是帕雷拉

陶利斯　同样可能是斯威尼

达斯蒂　反正这挺奇怪。

陶利斯　这张是方块 4，什么意思？

达斯蒂　(读)“一小笔钱，或送的一件衣服
　　　　或一个宴会。”这也怪。

陶利斯　这张是 3，什么意思，

达斯蒂　“一位不在身边的友人的消息”——帕雷拉！

陶利斯　红桃皇后——波特夫人！

达斯蒂　或也可能是你

陶利斯　　　　　　或也可能是你
　　　我们都可能是，真说不准。
　　　得看下面一张是什么。
　　　读这张牌你得想一想，
　　　这可不是件所有人都能做的事。

达斯蒂　我知道你玩牌有些讲究。
　　　下面一张是什么？

陶利斯　　　　　　下面是什么。是 6。

达斯蒂　“一场争吵，一种疏远，朋友的别离。”

陶利斯　这张是黑桃 2

达斯蒂　　　　　　黑桃 2！
　　　那是棺材！！

陶利斯　　　　　　那是棺材？
　　　噢，老天呵，我该怎么办？
　　　恰恰是在一次聚会之前！

达斯蒂　哦，不一定是你的棺材，也许是说你的一个

相识。

陶利斯 不，那是我的，我肯定那是我的。
昨夜一夜我都梦到了结婚。
是的，那是我的。我知道那是我的。
噢，老天啊，我该怎么办。
我不抽牌了，再也不抽了。
你抽抽看运气怎样。你抽一张。
也许真能冲了这邪。抽抽看运气怎样。

达斯蒂 黑桃J。

陶利斯 那也许是斯诺，

达斯蒂 或也可能是斯沃茨

陶利斯 或也可能是斯诺

达斯蒂 奇怪我会抽了大牌，

陶利斯 你拿牌的方式大有讲究呢——

达斯蒂 我感觉的方式更讲究得要命

陶利斯 常常它们什么都不告诉你

达斯蒂 你得知道你要问它们什么

陶利斯 你得知道你要知道什么

达斯蒂 问它们太多没用

陶利斯 问两次也没用

达斯蒂 常常它们压根儿不顶用。

陶利斯 我想知道那张棺材。

达斯蒂 不行。我刚才告诉你什么了？
我不是说我总抽大牌吗？
红桃J！

（窗外口哨声）

不行

真是巧合啊！牌多怪！

（又闻口哨声）

陶利斯 是山姆吗？

达斯蒂 当然是山姆！

陶利斯 当然，红桃J是山姆！

达斯蒂 （身子伸出窗外）哈罗山姆！

澳许泼 哈罗亲爱的

楼上有多少人？

达斯蒂 这里没什么人

楼下有多少人？

澳许泼 我们一共四个。

等一下，等我把车转过街角

我们马上就上来

达斯蒂 好吧。来吧。

达斯蒂 （对陶利斯）牌多奇怪。

陶利斯 我真想知道那张棺材的奥秘

敲门 敲门 敲门

敲门 敲门 敲门

敲门

敲门

敲门

陶利斯、达斯蒂、澳许泼、霍斯法尔、

克列泼斯坦、克勒姆泼克

澳许泼　哈罗陶利斯！哈罗达斯蒂！你们好呵！
怎么样？怎么样？你们是否允许我——
我想你们姑娘们都认识霍斯法尔上尉——
我们想让你们见见我们的两个朋友，
两个到此做生意的美国绅士。
见见克列泼斯坦先生、见见克勒姆泼克先生。

克列泼斯坦　你们好

克勒姆泼克　　　你们好

克列泼斯坦　很高兴结识你们

克勒姆泼克　认识你们真是荣幸

克列泼斯坦　山姆——我应该说路特·山姆·澳许泼

克勒姆泼克　加拿大远征军的路特。

克列泼斯坦　路特告诉了我们许多关于你们的事。

克勒姆泼克　我们都参加了同一场战争，
克列泼斯坦和我，上尉，还有山姆。

克列泼斯坦　我们尽了我们的微力，就像你们说的那样。
我们要告诉世界我们赶跑了敌人

克勒姆泼克　那场扑克玩得怎么样，怎么样，山姆？
在波陶克斯的那场扑克怎么样？
是的陶利斯小姐你让山姆
来告诉我们在波陶克斯的那场扑克。

达斯蒂　你对伦敦熟吗，克勒姆泼克先生？

克列泼斯坦　不，我们以前从未来过

克勒姆泼克　昨天晚上我们第一次来

克列泼斯坦　我当然希望这不是最后一次。

陶利斯　克列泼斯坦先生，你喜欢伦敦吗？

克勒姆泼克　我们喜欢伦敦吗！我们喜欢伦敦吗！
我们喜欢伦敦吗！！克列泼斯坦你说怎样？

克列泼斯坦　我说——呃——小姐，伦敦真了不起
我们太喜欢伦敦了。

克勒姆泼克　　　　　　　　　棒极了。

达斯蒂　那么你们为什么不来这儿住呢？

克列泼斯坦　嗯——呃——小姐——你没有完全理解
（恐怕我没有听清楚你的名字——
但见到你我还是一样喜欢）——
对我们来说，伦敦太刺激了一些
是的我说太刺激了一些。

克勒姆泼克　对我们来说，伦敦是太刺激了一些
别以为我指的是什么低下的东西——
但我担心我们无法消受这种节奏
克列泼斯坦你说怎样？

克列泼斯坦　　　　　　你已说到点子上了，克勒姆泼克
伦敦是个棒极了的地方，了不起的地方
是来访问一次的好地方

克勒姆泼克　尤其当你有一个真正的英国人，
一个像山姆这样的人领你到处转转。
山姆在伦敦当然是熟极了，
他答应领我们到处转转。

裘小龙　译

一场争论的片断

斯威尼、澳许泼、霍斯法尔、克列泼斯坦、
克勒姆泼克、史沃兹、斯诺、陶利斯、达斯蒂

斯威尼 我要把你带到
一个食人生番的岛上。

陶利斯 你将是吃人者!

斯威尼 你将是传教士!
你是我小小的七英石[①]传教士!
我要把你吞下。我将是吃人者。

陶利斯 你把我带走?带到一个食人生番的岛上?

斯威尼 我将是吃人者。

陶利斯 我将是传教士。
我要让你转变!

斯威尼 我要让你转变!
变到一盘炖菜里。
一盘妙而小、白而小的教士炖菜。

陶利斯 你不会吃了我吧!

斯威尼 当然我要吃了你!
在妙而小、白而小、软而小、嫩而小的,
汁多而小的,火候正好而小的教士炖菜中,

你看见这只鸡蛋
你看见这只鸡蛋
嘿，那是鳄鱼岛上的生命。
没有电话
没有唱机
没有汽车
没有两个座位的车，没有六个座位的车，
没有雪铁龙，没有劳斯莱斯。
没有吃的，只有岛上生长的水果。
没有看的，只有一条路上的棕榈。
还有另一条路上的海，
没有听的，只有波涛击岸。
一无所有，除了三件事。

陶利斯 什么事？

斯威尼 出生、性交、死亡。
那就是一切，那就是一切，那就是一切，那就是一切。
出生、性交、死亡。

陶利斯 我准会感到厌烦。

斯威尼 你准会感到厌烦。
出生、性交、死亡。

陶利斯 我准会感到厌烦。

斯威尼 你准会感到厌烦。
出生、性交、死亡。

---

① Stone，英制重量单位，1 英石相当于 14 磅或 6.4 千克。

说到根本时，你经历的就是这一切实际：
出生、性交、死亡。
我已出生了，一切也就够了。
你不记得，但我记得，
一次也就足够。

澳许泼和霍斯法尔的歌
史沃兹作为小鼓，斯诺作为响板

在竹枝下
竹枝竹枝
在竹林下
两个人像一个人似的生活
一个人像两个人似的生活
两个人像三个人似的生活
在竹枝下
在竹枝下
在竹林下

那里面包果落下
还有企鹅阵阵叫唤
声音是海洋的声音
在竹枝下
在竹枝下
在竹林下

那里高更的姑娘

在榕树的阴影下
身披棕榈衣饰
在竹枝下
在竹枝下
在竹林下

告诉我在林子的哪一部分
你要和我调情?
在面包树下,在榕树下,在棕榈叶下
或在竹枝下?
任何一棵老树对我都行,
任何一棵老树都同样行
任何一个古老的岛即我的风格
任何新鲜的鸡蛋
任何新鲜的鸡蛋
还有珊瑚海的涛声。

陶利斯 我不喜欢鸡蛋，我从不喜欢鸡蛋，
我不喜欢你那鳄鱼岛上的生活。

克列泼斯坦和克勒姆泼克的歌
史沃兹和斯诺如前
我小小的海岛姑娘
我小小的海岛姑娘
我要和你住在一起
我们不用担愁要做什么

不用非得赶一辆大车
如果遇上雨天我们不用回家
我们要采木槿花
因为将不是多少分钟而是多少小时
因为将不是多少小时而是多少年

渐弱地
和早晨
和傍晚
和中午
和黑夜
早晨
傍晚
中午
黑夜

陶利斯 那不是生活，那不是生活
哦，我宁可还是去死。
斯威尼 生活就是这样，就是——
陶利斯 是什么
那种生活是什么？
斯威尼 生活就是死亡。
我知道一个人曾骗过一个姑娘——
陶利斯 噢，斯威尼先生，请别说了，
你来之前我在抽牌，
而我抽到一张棺材。
史沃兹 你抽到一张棺材？
陶利斯 我最后一张牌抽到棺材，
我不喜欢这样的谈话。

一个女人真得冒可怕的风险。

斯　诺　让斯威尼先生继续讲他的故事。
我向你保证，先生，我们很感兴趣。

斯威尼　我知道一个男人曾骗过一个姑娘。
任何一个男人都可以骗一个姑娘，
任何一个男人不得不，也肯定想要
在一生中有一次骗一个姑娘。
嘿，他让她躺在澡盆里
躺在一加仑的杂酚皂液[1]里

史沃兹　这些家伙最后总给人逮起来。

斯　诺　对不起，这些家伙最后并不全给逮起来。
埃普瑟姆[2]荒地的那些骨头又是怎么回事？
我在报纸里读到过，
你在报纸里读到过，
他们最后并不全给逮起来。

陶利斯　一个女人真得冒可怕的风险。

斯　诺　让斯威尼先生继续讲他的故事。

斯威尼　这个家伙最后没给逮起来，
但那是另外一个故事。
这件事持续了两个月
没人来
没人去
可他取牛奶，他付房租。

---

① lysol，旧译来苏儿，为一种消毒防腐剂。
② Epsom，英国伦敦南部的城市。

史沃兹　他干了什么？
那段时间里他干了什么？
斯威尼　他干了什么！他干了什么？
那可是毫无关系。
向活的人讲他们做什么。
他过去常常来看我
我给他喝一杯，让他高兴高兴。
陶利斯　让他高兴高兴？
达斯蒂　　　　　让他高兴高兴？
斯威尼　又是毫无意义的话，
但我跟你们说话总得用些词。
但这里是我要说的内容。
他不知道是不是他活着
　　　　　而那姑娘死了
他不知道是不是他死了
　　　　　而那姑娘活着
他不知道是不是他们两个都活着
　　　　　或两个都死了
如果他活着那么送牛奶的人就是死了
　　　　　那么收房租的人就是死了
如果他们活着那么他就死了
没有任何关系
没有任何关系
当你一个人时就像他一个人时那样
你是又生又死，又死又生
我再次告诉过你这没有关系

死还是活还是活还是死
死就是活，活就是死
我跟你们说话总得用些词
但你们是懂还是不懂
那对我毫无关系对你们毫无关系
我们总得做我们总得做的事
我们总得坐在这里喝这杯酒
我们总得坐在这里唱一支歌
我们总得留下我们总得走
而某个人总得付房租

陶利斯　我知道是谁

斯威尼　但这对我毫无关系对你毫无关系。

合唱　澳许泼、霍斯法尔、克列泼斯坦、克勒姆泼克

当你单身一人，半夜时分猛然醒来
冷汗涔涔，恐慌万分
当你孤身一人躺在床上，醒来就像
有人在你头部猛击了一下
你做了噩梦最可怕的一部分，一阵晕眩喧嚣向你冲来。
呼　呼　呼
你梦到你在七点钟醒，又是雾又是潮，又是黎明又是
漆黑
你等着门上敲一声，门锁转一声
因为你知道刽子手在等你。

也许你是活的
也许你是死的
呼　哈　哈
呼　哈　哈
呼
呼
呼
敲门　敲门　敲门
敲门　敲门　敲门
敲门
敲门
敲门

裘小龙　译

我最后一次看到的充满泪水的眼睛

我最后一次看到的充满泪水的眼睛
越过分界线
这里，在死亡的梦幻王国中
金色的幻象重新出现
我看到眼睛，但未看到泪水
这是我的苦难。

这是我的苦难
我将再也见不到的眼睛
充满决心的眼睛
除了在死亡另一王国的门口
我将再也见不到的眼睛
那里，就像在这里，
眼睛的生命力更长
比泪水的生命力更长
眼睛在嘲弄着我们。

裘小龙　译

[一曲抒情诗]

如果时间和空间，如哲人们所讲，
是实际上无法存在的东西，
那从不感到衰败的太阳，
不比我们有多大的了不起。
那么爱人啊，我们为什么要祈想
活上整整一个世纪？
那仅仅活了一天的蝴蝶，一样
也把永恒经历。

当露水还在藤上颤抖时，
我给你的那朵鲜花
已经枯萎了，而野蜂还未飞去
把那野玫瑰吮吸一下。
那么让我们快去采撷新的花朵，
看到花朵憔悴，也不会泪下，
虽然我们爱情的日子屈指可数
但让它们放出神圣的光华。

裘小龙　译

歌

如果空间和时间，如哲人们所讲，
　　是实际上无法存在的东西，
苍蝇仅仅活了一天的时光，
　　也就和我们活得相差无几。
让我们尽情生活，只要能这样，
　　只要爱情和生活都是自在，
因为时间就是时间，时间奔向远方，
　　虽然哲人们有不同的道理。

当露水还在藤蔓上颤抖时，
　　我送你的那朵鲜花
已枯萎了，而野蜂还未飞去，
　　把那野玫瑰吮吸一下。
但让我们加快采撷新的花朵，
　　看到花朵凋零也不会泪下，
虽然生活中的花朵寥寥无几，
　　但让它们放出神圣的光华。

裘小龙　译

毕业的时刻

一

站在我们已知的一切的岸上，
稍带迟疑地停留片刻，
然后哼一支曲子，我们驶出
港口——既无航海图来展示航程，
也无灯光警告海底的礁石，
但让我们勇敢地乘风破浪。

二

当殖民者告别这片海滩，
去异国的海岸寻求财富，
他们明白所失去的，时间
无法恢复，他们离开时清楚，
虽然他们会又一次重见祖国，
却再也不是那里的公民。

三

我们向前去，就像夏日暴雨后，
插上闪电翅膀的云朵一般，
越过汪洋，匆匆去北方、南方、
东方，或去太阳用无穷色彩
渲染着的西方天际，直到
最后消逝，再无踪迹可见。

四

纵然道路曲折，只能慢慢前行，
纵然沿途遍布成千上万的惊恐，
在青春充满希望的眼睛里，仍是
是长满玫瑰与山楂树的小径。
我们希望就是这样；祈愿我们知道，
祈愿在未来的岁月中就这样看到。

五

巨人的责任在呼唤——二十世纪，
远比过去的世纪更多彩多姿，
在召唤——谁知道时间会带来什么，
未来的年代要见证怎样伟大的业绩，
什么将能征服痛苦与不幸，
产生比以往更了不起的英雄。

六

但如果这个世纪要比过去的世纪
更加伟大，她的儿子就必须努力使她这样，
我们正是她的儿子，就得尽我们的力量，
帮助塑造她的命运，充满急切的期望；
尽力做到：她将获得如此骄傲的产业，
还会在将来的世纪，把这份产业赐赏。

七

一笔如此丰厚的遗产——愿我们
在将来的岁月里能被列入那样的人：
他们为了美好的事业，工作了一生，
不要任何其他的报酬，只要心中深明，
他们曾经帮助这个事业获得胜利，
因为他们的援力，旗帜飘荡在上空。

八

在遥远岁月的某一时刻，我们都将
鬓角灰白，老态龙钟，无论命运怎样，
我们都将会渴望着重新见到这块地方，
那时无论已做了什么，或成了什么样，
或已踏上了一片多么遥远的国土，

我们将仍然永远不会忘掉这块地方。

九

因为在这灵魂的避难所里，
在清澈、纯洁、一尘不染的庙宇中，
祭坛上的烟将向你冉冉升起，
哦，我们的学校！岁月滚滚流失，
我们向着目标前进，没有
力量可以磨灭这一切记忆。

十

我们将回来，届时会看到
不同于现在所熟悉的校园；
但那些仅仅是外表上的改变，
使其伟大的一切并没有丢下，
我们将来会见到同样的学校，
虽然作为学生，我们此刻正离开。

十一

我们前行，就像在梦中闪掠的脸庞，
多亏你的关怀和教导，我们走入
未知的世界——经过了女王似的
学校中一堂堂课——这一刻的闪亮，

像溪流上的一个水泡，
像清晨草叶上的一颗露珠。

十二

你不会逝去——每一个新的年头来临，
你的光荣与名声都将随之俱增，
愿能有比这更有力的词语可以宣扬
你的辉煌，所有的人们都可听到，
愿你更有价值的儿子们，无论远近，
把你的名字传播到遥远的土地和海洋。

十三

于你，对正离去的儿子们就像
对那些后来要离去的人们一样，
在他们辞别你的关爱，踏上未知的
土地前，给予告诫指导，还有朋友的
祝福，让这是你骄傲而宁静的座右铭，
岁月流逝，依旧是“进步”这一个词。

十四

于是我们告一段落，再不延缓；
这是每一个故事的结尾：“再见”。
一个词，像丧钟一般回响，

我们都不愿说出口的一个词，
但这是我们不得不服从的召唤，
大家都走吧，最后说一声“再见”。

裘小龙　译

歌

当我们越过山岭回家，
不见树叶从树上飘下；
煦风温柔的手指，
还没撕碎颤抖的蜘蛛网。

灌木丛中花朵依然姹紫嫣红，
不见飘零的花瓣躺在丛中；
但你花环上的野玫瑰啊，
叶子棕黄，早已凋谢枯萎。

裘小龙　译

破晓之前

灰色的云，红色的云，编织在东方，
窗台上的花朵啊，转身迎向黎明，
一瓣接着一瓣，等待着阳光，
新鲜的花，枯萎的花，花朵在黎明。

今晨的花盛放，昨天的花也曾盛放，
晨光熹微，房间里飘过了芳香，
花色正浓的芬芳、花事阑珊的芬芳，
新鲜的花，枯萎的花，花朵在黎明。

裘小龙　译

瑟西[1]的宫殿

围绕她的喷泉，水流汩汩
传出人们痛苦的声音，
那里尽是人们不认识的花朵，
一片片花瓣，镶有毒牙，颜色殷红，
带着可怕的斑点和条纹；
花朵从死者的肢体苏生，
这里，我们不会再次来临。

黑豹从它们的洞穴中跃起，
森林中，低荫处越来越密，
在花园的台阶上
躺着懒洋洋的巨蟒[2]；
孔雀踱着，庄严又缓慢，
望着我们，用人的眼睛，
这些人我们很久前就已熟知。

裘小龙　译

① Circe，荷马史诗《奥德赛》中引诱男子的女妖。
② 希腊神话中阿波罗杀死的巨蟒。

一 幅 肖 像

在一堆稀薄的梦中，我们不得安详的
头脑与疲倦不堪的双脚所熟知的梦中——
永远赶在街头，来来回回、急急匆匆——
她独自伫立房中，在薄暮的时光，

不像一尊静穆的石雕女神像，
而是瞬息即逝，仿佛林荫深处人们
遇见的沉思中的娇美精灵，
人们自己的一个无形体的幻想。

没有欢悦的或不祥的沉思
扰乱她的红唇，激动她的纤手，
她漆黑的眼睛藏着我们不知的秘密，
在我们思想的圈子外，独立悠悠。

木栏上的鹦鹉——一个间谍，默默无话，
以一种耐心又好奇的目光打量她。

裘小龙　译

歌

白月光菊向白飞蛾绽开妖娆花瓣，
　　薄雾从海面上慢慢地爬来；
一只白色的巨鸟——羽毛似雪的枭
　　从白桤树枝梢上悄悄飞下。

爱啊，你手中捧着花朵
　　比海面上的薄雾更为洁白
难道你没有鲜艳的热带花朵——
　　紫色的生命，给我吗？

裘小龙　译

幽　默

（戏仿拉弗格之作）

我的一个小傀儡已呜呼哀哉，
虽然还未对游戏感到腻，
但是，头弱，身体也已衰，
(一个跳娃娃有这样的骨架）。

可这个死去的小傀儡啊，
我相当喜欢：一张普通的脸
(我们会把那种脸忘记)
在滑稽的、沉闷的鬼相中撮尖。

半是声势赫赫，半是苦求连连，
嘴巴一扭，吹出最流行的曲子；
他那“你到底是什么人”的瞪眼，
上去，也许，一直上到月亮去。

长篇大论的鬼魂，把小傀儡
和地狱里其他无用的东西放在一边；
去年春天以来最时髦的款式，
地球上最新的式样，我敢断言。

你们为什么不把头衔得到？
(鼻子有些看不起的意味)，
你们该诅咒的月光，比气球更糟，
“现在，在纽约”……还有诸如此类。

一个傀儡的逻辑，前提
全盘皆错，但在某个星球上
一位英雄！——他究竟属于哪里？
但即使在这点上，这面具也真怪模样！

裘小龙　译

忧　郁

星期天：这队确实是
星期天脸庞的满足的行列，
无边女帽、带边丝帽、有意识的优雅姿势
不断重复，用这种肆无忌惮的
无关的东西，替代了
你头脑中的自制。

傍晚，茶点灯光！
孩童和猫儿在胡同中；
沮丧，无力来反抗
这种同谋的沉闷。

而生活，头顶微秃，鬓角灰白，
无精打采，索然乏味，吹毛求疵，
等待着，帽子和手套握在手里，
一丝不苟的领带和服装
(多少有些不耐烦拖延)
等在绝对的台阶上。

裘小龙　译

T. S. Eliot
The Waste Land

图书在版编目（CIP）数据
荒原 /（英）托·斯·艾略特(T. S. Eliot)著；汤永宽等译. -- 上海：上海译文出版社，2025. 1.(2025. 8 重印).（艾略特文集）. -- ISBN 978-7-5327-9778-3
Ⅰ. I561. 25
中国国家版本馆 CIP 数据核字第 2024E42C96 号

荒原
The Waste Land

T. S. Eliot
[英]托·斯·艾略特 著
汤永宽 裘小龙 等译

出版统筹 赵武平
责任编辑 王 源
装帧设计 汐 和

上海译文出版社有限公司出版、发行
网址：www. yiwen. com. cn
201101 上海市闵行区号景路 159 弄 B 座
江阴市机关印刷服务有限公司印刷

开本 787×1092 1/32 印张 8. 75 插页 5 字数 105,000
2025 年 1 月第 1 版 2025 年 8 月第 2 次印刷

ISBN 978-7-5327-9778-3
定价：68. 00 元